Dorothee Dziewas

Die Gräfin und das Haus am Meer

Nach einer wahren Geschichte

BRUNNEN
Verlag GmbH · Giessen

1. Taschenbuchausgabe 2015

www.brunnen-verlag.de
Umschlagfotos: Sabine Schmidt, Ralf Gosch,
Mayer George/Shutterstock.com
Umschlaggestaltung: Olaf Johannson
Satz: DTP Brunnen
Druck: CPI Ebner & Spiegel, Ulm
ISBN 978-3-7655-4255-8

Inhalt

Am Hof der Kaiserin

„Adelaide Karoline Luise Gräfin von Schimmelmann. Adelaide Karoline Luise Gräfin von Schimmelmann." Die geflüsterten Worte vermischten sich mit dem Rattern der Kutschenräder zu einem vorwärts strebenden Rhythmus. „Adelaide Karoline Luise Gräfin von Schimmelmann."

Die junge Frau sah aus dem Fenster in den diesigen Julitag hinaus und seufzte. So recht konnte sie sich noch nicht an den Gedanken gewöhnen, dass sie von jetzt an diese steife, förmliche Fassung ihres Namens hören würde. Zu Hause wurde sie nur Adeline genannt. Von ihren Geschwistern sowieso, aber auch ihre Eltern benutzten nur in seltenen Fällen ihren eigentlichen Namen, zum Beispiel bei offiziellen Anlässen oder wenn sie ungehalten waren. Was häufiger vorkam. Vor allem mit ihrer Mutter geriet sie öfter aneinander, als ihr lieb war. Sie seufzte.

Doch jetzt war nicht der richtige Zeitpunkt, sich über so etwas Gedanken zu machen. Heute würde sie nur an all die aufregenden Dinge denken, die in Berlin auf sie warteten. Von nun an würde sie die elegantesten Kleider tragen und sich in den prunkvollen Gemächern der Kaiserin aufhalten. Adeline lehnte sich auf der mit dunklem Leder bezogenen, unbequemen Bank der Kutsche zurück und schloss die Augen.

Sie sah die rauschenden Feste mit funkelnden Lüstern, seidenen Ballkleidern und exquisiten Speisen schon vor sich. Als Hofdame von Kaiserin Augusta würde sie sich in den feinsten Kreisen der Berliner Gesellschaft bewegen. Sicher gab es am preußischen Hofe auch viele schneidige Offiziere, mit denen sie bis tief in die Nacht tanzen konnte. Wieder seufzte sie, aber diesmal war es ein wohliges Seufzen. Endlich geschah in ihrem Leben etwas!

Adeline beugte sich vor und betrachtete die Landschaft vor dem Fenster. Draußen zogen die ersten Laubenkolonien der Arbeiter vorbei, was bedeutete, dass sie sich allmählich der Stadt näherten. Diese kleinen Parzellen oder Armengärten waren ein Zeichen dafür, dass die preußische Hauptstadt im Jahre 1872 zunehmend aus den Nähten platzte. Beinahe eine Million Menschen lebten inzwischen in Berlin – das hatte ihr Vater erst neulich in der Zeitung gelesen –, und viele von ihnen waren arm und auf Gemüse aus dem eigenen Garten angewiesen.

Während die Räder der Kutsche weiter über das Pflaster ratterten, ihrem Ziel entgegen, wanderten Adelines Gedanken zurück zu ihrer Familie. In den vergangenen Wochen hatte sie viel Zeit mit ihren jüngeren Geschwistern verbracht, war durch die blühenden Wiesen um Schloss Ahrensburg gelaufen und hatte den frischen Wind und die klare Luft ihrer schleswig-holsteinischen Heimat genossen. Nachdem sie einige Monate in diesem schrecklichen Mädchenpensionat verbracht hatte, war sie froh gewesen, wieder zu Hause zu sein. Doch dann hatte ihre ältere Schwester Sophie sich verlobt – was bedeutete, dass die achtzehnjährige Adeline ihren Platz als Hofdame bei der Kaiserin einnehmen durfte.

Adeline war gespannt, wie der Alltag im Dienst von Kaiserin Augusta aussehen würde. Einiges hatte Sophie ihr erzählt, aber die Kaiserin galt als schwierig. Ob Adeline gut mit ihr auskommen würde? Mit den Lehrerinnen im Pensionat hatte sie schon in den wenigen Wochen, die sie dort gewesen war, einige Meinungsverschiedenheiten gehabt. Was war, wenn sie bei Hofe auch so gegängelt wurde? „Wenigstens werde ich dort hübsche Kleider tragen und keine Schuluniform."

„Was haben Sie gesagt, Gräfin?"

Adeline war nicht bewusst gewesen, dass sie ihre Gedanken laut ausgesprochen hatte. Sie sah die Zofe an, die ihr gegenübersaß. „Ach, nichts. Ich bin nur froh, dass ich nicht mehr in diesem grauenhaften Luisenstift bin. Alle Mädchen dort mussten die Haare in Zöpfen tragen, die um den Kopf gelegt wurden. Keine Hochsteckfrisuren und schon gar keine Locken. Und die Kleider! Ich durfte nicht einmal eine Krinoline tragen!" Die strengen Regeln waren nicht das Einzige, was ihr an dem Dresdner Mädchenpensionat missfallen hatte. Auch der Unterricht hatte ihrer Meinung nach nicht viel getaugt, und ihre Klassenkameradinnen waren langweilig und nicht sehr intelligent gewesen.

„Sieh mal, Emma, wie hoch die Schornsteine der Fabriken sind!" Adeline öffnete neugierig das Fenster der Kutsche, rümpfte aber gleich darauf die Nase. „Die Luft ist hier aber nicht besonders gut." Schnell schloss sie das Fenster wieder und lehnte sich auf ihrem Sitz zurück. „Ich bin ja so aufgeregt! Ob ich die Kaiserin heute schon kennenlerne? Mama hat mir stundenlange Predigten gehalten, was ich tun und sagen soll – und vor allem, was nicht. Hoffentlich erinnere ich mich an alles."

Ihre Zofe lächelte nur und widmete sich wieder ihrem Strickzeug, das sie während der ganzen langen Reise nur aus der Hand gelegt hatte, wenn sie Rast gemacht hatten. Emma war wenige Jahre älter als ihre Herrin, aber mit ihrer strengen Frisur und dem schlichten Kleid wirkte sie mindestens wie dreißig. Adeline hatte ein paar Bücher mitgenommen, um sich die Zeit zu verkürzen, aber es war viel aufregender, aus dem Fenster zu schauen und zu sehen, wie die Landschaft sich veränderte und welche anderen Reisenden auf den Straßen unterwegs waren. Sie war auch mit ihren Eltern schon gereist – von dem nordöstlich von Hamburg gelegenen Schloss Ahrensburg aus hatte sie ihre ältere Schwester im elsässischen Schlettstadt besucht, und erst vor wenigen Wochen war sie aus Dresden zurückgekommen. Normalerweise genoss Adeline es, unterwegs zu sein, doch jetzt konnte sie es kaum noch erwarten, beim Berliner Stadtschloss anzukommen.

Es war bereits später Nachmittag, als die Kutsche endlich in den Großen Schlosshof einbog, die Passage in einen zweiten, kleineren Hof durchfuhr und mit knirschenden Reifen vor dem

Hauptportal der kaiserlichen Residenz zum Stehen kam. Sofort trat ein Bediensteter heran und öffnete den Schlag der Kutsche, um den Neuankömmlingen beim Aussteigen behilflich zu sein. Eine drückende Hitze herrschte in der Stadt, und Adeline fühlte sich in ihrem zugeknöpften dunkelblauen Reisekleid verschwitzt und unwohl. Sie sehnte sich nach einem kühlen Bad und einem bequemen Bett. Erschöpft folgte sie dem Schlossdiener, der sie und ihre Zofe die imposante Marmortreppe hinauf ins zweite Obergeschoss und lange Gänge hinunter zu ihren Räumen führte.

Als der Mann die Tür zu den Gemächern der neuen Hofdame öffnete, wanderte Adelines Blick über die mit Stoff bespannten Wände, die schweren Brokatvorhänge und die massigen, mit zahlreichen Schnitzereien versehenen Möbel im Rokokostil. Der Salon wirkte mit den riesigen Sesseln und den dunklen Holzvertäfelungen bedrückend. Selbst die Luft in diesem Raum schien schwer zu sein. Adeline widerstand der Versuchung, zu einem der hohen Fenster zu gehen und dessen Flügel weit aufzureißen. Hinter ihr trugen zwei Pagen das Gepäck der beiden Damen herein und stellten es dienstbeflissen neben der Eingangstür zu der Suite ab.

Dann fiel Adelines Blick durch eine zweiflügelige Tür in ein zweites Zimmer, das offensichtlich ihr Schlafgemach war. Es war nicht so überladen und mit schlichteren Biedermeiermöbeln ausgestattet. Himmelbett und Fenster zierten luftige, zartere Stoffe, sodass der Raum heller und freundlicher wirkte. Ob ihre Schwester Sophie diese Stoffe ausgesucht hatte? Adeline lächelte bei dem Gedanken an ihre große Schwester, die in diesem Augenblick vielleicht damit beschäftigt war, die Seide für ihr Hochzeitskleid auszuwählen. Neben dem Schlafzimmer befand sich die kleine Kammer der Zofe, die einfacher, aber gemütlich eingerichtet war, und eine dritte Tür führte in ein Badezimmer, das unter anderem eine große emaillierte Wanne beherbergte und nach Seife und frischer Wäsche roch.

„Haben Sie sonst noch einen Wunsch, Gräfin?"

Adeline schüttelte den Kopf. „Nein, vielen Dank."

Der Mann mit dem schütter werdenden Haar und der hohen, aber festen Stimme verneigte sich. „Die Kaiserin erwartet Sie um sieben Uhr in ihren Gemächern. Ich werde jemanden schicken, der Sie in einer Stunde abholt."

Adeline nickte und dankte dem Mann.

Als die Tür hinter den Bediensteten ins Schloss fiel und sie mit ihrer Zofe allein war, ließ sie ihre Tasche auf einen kleinen Sessel neben dem Bett fallen, zog ihre Handschuhe aus und fuhr mit der Hand über die Tagesdecke, die auf dem Bett lag. Der Stoff fühlte sich glatt und kühl an.

Von Schloss Ahrensburg war Adeline durchaus an großzügige Räumlichkeiten und an Luxus gewöhnt, sodass ihre neue Umgebung sie nicht einschüchterte. Und sie erinnerte sich daran, wie sie schon als ganz kleines Mädchen zum ersten Mal mit ihren Eltern bei Hofe gewesen war. Damals war ihr noch gar nicht bewusst gewesen, welche bedeutende Stellung ihr Vater in der preußischen Gesellschaft innehatte. In seiner dänischen Heimat, zu der Schleswig-Holstein gehörte, war er von seinem König geadelt worden, hatte sich dann aber mit dem Monarchen überworfen und sich Preußen zugewandt. Inzwischen hatte er großen Einfluss in den höchsten Kreisen des Kaiserreichs.

„Gräfin?", riss Emmas Stimme sie aus ihren Gedanken. „Sie müssen sich umkleiden, bevor Sie zu Ihrer Majestät gehen."

„Du hast recht. Zuerst möchte ich aber ein Bad nehmen." Ihre Zofe eilte herbei, um die Kleider aus dem großen Schrankkoffer zu holen und zu plätten. Adeline war froh, dass sie das hochgeschlossene, mit unzähligen Knöpfen versehene Reisekleid bald ablegen konnte. Die junge Gräfin betätigte die Klingel. Wenige Augenblicke später klopfte es an der Tür, und ein Dienstmädchen, das höchstens dreizehn oder vierzehn Jahre alt sein konnte, betrat die Gemächer und machte einen tiefen Knicks.

„Wie heißt du, mein Kind?", wollte Adeline wissen.

„Anni, Eure Erlauchte Hoheit."

Adeline lächelte. „Komm her, Anni. Keine Angst, ich beiße

nicht. Und das mit der Hoheit lassen wir lieber bleiben. Du kannst einfach Gräfin zu mir sagen, so wie meine Zofe Emma auch."

Das Mädchen trat zögernd einen Schritt vor und nickte schüchtern, während Emma die Augenbrauen hochzog. Dass die junge Gräfin nicht viel auf überflüssige Etikette gab, war bekannt, aber das bedeutete nicht, dass alle in ihrer Umgebung damit einverstanden waren. Ihre Mutter hatte oft bemängelt, dass ihre Tochter sich nicht damenhaft genug verhielt, aber das lag sicher auch daran, dass sie den größten Teil ihrer Kindheit mit ihren jüngeren Brüdern verbracht hatte anstatt mit den einige Jahre älteren Schwestern. Wie die Jungen war sie auf Bäume geklettert und hatte sie bei sportlichen Wettkämpfen so manches Mal geschlagen. Sie beherrschte die Spielregeln der feinen Gesellschaft genau, hielt sich aber nur daran, wenn es ihr sinnvoll erschien.

An diesem Tag würde Adeline als Hofdame in den engsten Kreis um die Kaiserin eingeführt werden, und dabei würde sie sich von ihrer besten Seite zeigen. Sie lächelte. Ihre Mutter würde doch noch stolz auf sie sein.

„Ich möchte ein Bad nehmen, Anni. Sorge bitte dafür, dass alles vorbereitet ist."

„Natürlich, Gräfin." Das Mädchen knickste erneut und eilte dann zur Tür. „Ich gehe sofort Wasser holen, Gräfin."

Adeline schlenderte zum Fenster, während Emma frische Wäsche herauslegte und das Kleid für den Empfang bei Ihrer Majestät auf dem Bett ausbreitete. Von ihrem Schlafzimmer aus fiel der Blick in den Schlossgarten, dessen ordentlich angelegte Wege, kleine Hecken und hübsche Blumenrabatten von der Abendsonne beschienen wurden. Ein Stück entfernt gingen zwei Damen mit ihren Sonnenschirmen spazieren, begleitet von einem jungen Offizier in seiner schmucken Gardeuniform. Er war groß und hatte breite Schultern, die er militärisch straff hielt, ohne dass es angestrengt wirkte. Adeline musste unwillkürlich lächeln. Als hätte der Mann gespürt, dass sie ihn beobachtete, drehte er sich plötzlich um und sah zu ihrem Fenster herauf, und Adeline wich schnell einen Schritt zurück ins Halbdunkel des Zimmers. Ihr Herz schlug schneller, aber dann schalt sie sich eine dumme Gans.

Als das Bad eingelassen war, half Emma ihr aus dem staubigen Reisekleid und ließ nach Lavendel duftende Seife in das Badewasser. Nachdem sie der Gräfin den Rücken eingeseift hatte, ging sie hinaus, und Adeline lehnte sich in dem warmen Nass zurück und schloss die Augen. Der heiße Dampf, der von der Wanne aufstieg, machte sie schläfrig, und wenn ihre Zofe nicht kurz darauf mit einem Stapel Wäsche auf dem Arm hereingekommen wäre, hätte sie ihre Herrin wohl schlafend vorgefunden.

Doch jetzt mussten sie sich beeilen, und während Emma ihr in das hellgraue Seidenkleid half, das elegant war und doch nicht aufdringlich wirkte, wich Adelines Müdigkeit einer lebhaften Neugier auf die anderen Gäste beim Diner mit der Kaiserin, und natürlich auf die Herrscherin selbst.

Augusta war noch nicht lange Kaiserin. Als Gattin Wilhelms I. von Preußen hatte sie erst im vergangenen Jahr, nach dem Ende des Deutsch-Französischen Krieges, zusammen mit ihm die Kaiserkrone in Empfang genommen, und jetzt war ihnen beiden das ganze Deutsche Reich untertan. Adeline spürte einen Schauer der Erregung, wenn sie daran dachte, welche Macht diese Frau hatte. Ob sie diese Macht wohl zum Segen der Bevölkerung nutzen würde?

„Beeilen Sie sich, Gräfin. In fünf Minuten kommt der Diener und bringt Sie zu Ihrer Majestät. Sie wollen sich doch nicht schon an Ihrem ersten Tag verspäten!"

„Natürlich nicht, Emma. Aber du machst mich noch ganz nervös mit deinem Gezappel. So, das sind genug Haarnadeln – lass es gut sein." Adeline erhob sich ungeduldig.

„Aber ich muss Ihnen noch Ihr Collier anlegen!" Adeline entdeckte kleine Schweißperlen auf der Stirn der Zofe. Sie nahm die Hände der anderen Frau und drückte sie. „Beruhige dich, Emma. Du musst tief einatmen." Sie wartete, während ihre Dienerin gehorchte. „Und noch einmal. Gut, und jetzt wirst du sehen, dass deine Hände nicht mehr zittern und du mir den Schmuck viel besser anlegen kannst."

Emma nickte stumm. Sie hatte gerade das kleine goldene Häkchen im Nacken der Gräfin geschlossen, als es an der Tür klopfte. Auf Adelines Antwort hin trat ein Schlossdiener ein und verneigte sich. „Sind Gräfin so weit? Ihre Majestät erwartet Sie in ihren Gemächern."

Nur wenige Türen weiter blieb der Diener stehen. Wieder klopfte er. Diesmal wurde die Tür von innen von einem weiteren Bediensteten geöffnet, der den Kopf ein wenig neigte und dann zur Seite trat, um die Gräfin eintreten zu lassen.

Mit klopfendem Herzen betrat Adeline den Salon.

Kaiserin Augusta stand am Fenster und blickte in den Garten hinaus.

„Ihre Majestät? Adelaide Karoline Luise Gräfin von Schimmelmann."

Die Monarchin wandte sich um und lächelte. „Meine liebe Adeline! Kommen Sie, kommen Sie."

Adeline verneigte sich tief, während sie einen Hofknicks machte, und konnte so ihre Überraschung darüber verbergen, dass die Kaiserin sie mit ihrem familiären Kosenamen angesprochen hatte. Sie hob den Blick, und als sie Augustas freundliche Miene sah, wurde ihr ganz warm ums Herz. Die mütterliche Herzlichkeit, die diese Frau ausstrahlte, war etwas, das Adeline zu Hause nur zu selten erlebt hatte.

„Mein liebes Kind, wie ich mich freue, Sie zu sehen! Sie waren schon immer ein reizendes Mädchen – erinnern Sie sich noch daran, wie Sie uns alle hier bei Hofe köstlich amüsiert haben? Ich weiß noch, wie Sie in Ihrem hübschen weißen Spitzenkleidchen auf der großen Tafel im Speisesaal auf und ab marschiert sind und am Ende in einem Blumenkorb saßen."

Adeline errötete und senkte den Blick, doch die Kaiserin lächelte mild. „Aber ich will Sie nicht in Verlegenheit bringen. Ich bin Ihrer Frau Mutter jedenfalls äußerst dankbar, dass sie mir nun auch ihre jüngere Tochter zur Verfügung stellt. Wir werden uns sicher großartig verstehen." Augusta deutete auf einen Sessel und nahm selbst auf einem kleinen Sofa Platz. „Hatten Sie eine gute Reise?"

Adeline nickte. „Ja, danke, Majestät."

„Und Ihren Eltern geht es gut?"

„Danke der Nachfrage, Majestät, sie sind beide wohlauf."

Die Kaiserin nickte zufrieden. „Sie werden gleich die anderen Damen kennenlernen. Sie werden Ihnen in den nächsten Tagen alles Nötige zeigen, was unseren kleinen Hofstaat betrifft."

Adeline zog fast unmerklich die Augenbrauen hoch. „Klein" war nicht gerade das Wort, das ihr als Erstes einfiel, wenn sie an das riesige Schloss mit seinen Hunderten Bediensteten und den schier endlos wirkenden Räumen und Gängen dachte. Aber sie vermutete, dass man sich auch an solche Dimensionen gewöhnte. Und ein Großteil dessen, was bei Hof vor sich ging, betraf natürlich den Kaiser weitaus mehr als seine Gemahlin. Zu Augustas engstem Umfeld gehörten, wie Adeline wusste, lediglich zwei Palastdamen und drei oder vier Hofdamen.

„Nun, meine Liebe, dann sehen wir uns später bei Tisch." Mit diesen Worten wandte die Kaiserin sich ab. Die erste Audienz war offensichtlich beendet. Adeline vollführte einen Knicks und wurde dann von dem Bediensteten zur Tür geleitet.

Auf dem Gang holte sie so tief Luft, dass ihre Lungen schmerzten. Es war ihr gar nicht bewusst gewesen, dass sie in der Gegenwart der Kaiserin kaum gewagt hatte zu atmen. Doch jetzt hatte sie allen Grund, froh zu sein. Die Kaiserin war ja so freundlich gewesen! Gleich heute Abend würde sie einen Brief an Sophie beginnen und ihrer Schwester von dieser Begegnung schreiben.

Adeline folgte dem Bediensteten den breiten Flur hinunter, mit seinen hohen Stuckdecken und dem schwarz-weiß gefliesten Boden, vorbei an zahlreichen Kammern, bis zu einer zweiflügeligen Tür, die der Mann öffnete. Sie betrat hinter ihm den großen Raum, an dessen Wänden rot-goldene Lehnstühle aufgereiht waren. Adelines Blick wanderte zu den ovalen Wandgemälden hinauf, die

Landschaftsszenen darstellten. Ein Kronleuchter zierte den Saal. Dies musste der Teesalon sein, von dem Sophie erzählt hatte.

Eine kleine Gruppe Damen bestätigte sogleich ihre Vermutung. Die Frauen saßen am anderen Ende des Raumes, wo ein Bediensteter Tee servierte. Eine der Damen, eine Frau um die fünfzig, wandte sich um, als sie die Neuankömmlinge eintreten hörte, stellte ihre Tasse ab und erhob sich. „Sie müssen die neue Hofdame sein."

Adeline nickte und wollte gerade ihren Namen sagen, doch die streng dreinblickende Dame sprach schon weiter. „Mein Name ist Luise Gräfin von Oriola. Ich bin eine der beiden Palastdamen Ihrer Majestät und werde Sie mit dem Hofprotokoll vertraut machen. Kommen Sie, ich stelle Ihnen die anderen vor." Sie ging mit raschen Schritten zu der Sitzgruppe, wo die anderen Damen sie mit neugierigen Blicken erwarteten, und Adeline eilte hinter ihr her. Sie versuchte sich die Namen und Gesichter einzuprägen, als die Gräfin Oriola einen nach dem anderen nannte und die jeweilige Dame leicht den Kopf neigte. Die jüngste der Hofdamen war vielleicht zwei Jahre älter als Adeline. Sie grinste schelmisch und streckte ihr als einzige der Anwesenden die Hand entgegen. „Ich heiße Ida. Herzlich willkommen bei unserem Weiberzirkus." Die missbilligenden Blicke der anderen ignorierte sie einfach.

Adeline ergriff die ausgestreckte Hand und erwiderte die freundliche Begrüßung mit einem erleichterten Lächeln. Angesichts des kühlen, beinahe feindseligen Empfangs der anderen Damen war ihr das Herz schon schwer geworden. Wie gut es da tat, so herzliche Worte zu hören!

Als Adeline nach Mitternacht endlich ihr Schlafzimmer betrat, konnte sie kaum noch die Augen offen halten. Der Kopf schwirrte ihr von all den Namen der Personen, denen sie vorgestellt worden war, und schon jetzt konnte sie diesen Namen kaum noch die passenden Gesichter zuordnen.

Das Diner hatte in einem für den kaiserlichen Palast bescheidenen Rahmen und mit nur wenigen Gästen stattgefunden, doch mit den Adeligen, die bei Hofe ein und aus gingen, hatten sich mehr als achtzig Menschen um die Tafeln in dem riesigen Speisesaal versammelt. Unzählige Bedienstete trugen auf blitzendem Silber und in schweren Bleiglasschalen das Essen auf. Adeline hatte es allerdings kaum genießen können, weil sie versucht hatte, sich genau einzuprägen, wer welche Funktion im Hofstaat von Wilhelm I. und Augusta innehatte. Morgen würde sie sich eine Liste der anwesenden Personen besorgen und die Namen und Titel auswendig lernen. Zum ersten Mal an diesem Tag beschlich sie das Gefühl, dass ihre neue Stellung bei Hofe nicht nur Ansehen mit sich brachte, sondern auch eine gehörige Portion Arbeit.

Ihre Zofe, die im kleinen Salon darauf gewartet hatte, dass die Gräfin von ihrer ersten gesellschaftlichen Verpflichtung bei Hofe zurückkehrte, lächelte, als Adeline die Schuhe abstreifte und achtlos mitten auf dem Teppich liegen ließ.

„Oh, Emma, ich spüre meine Füße kaum noch. Sei so lieb und hol mir eine Schüssel mit Wasser."

„Natürlich, Gräfin."

Adeline ließ sich mit einem wohligen Seufzer in einen der hübschen kleinen Sessel fallen, mit denen der in grün gehaltene Salon eingerichtet war. Doch gleich darauf richtete sie sich wieder auf. „Ich muss gleich morgen einen Termin mit einer Schneiderin machen – du hättest die Kleider sehen sollen, die manche der Damen trugen. Gräfin von der Schulenberg war von Kopf bis Fuß in schwarze Spitze gehüllt. Und dazu diese hochnäsige Miene!" Sie setzte sich auf und ahmte die Oberhofmeisterin nach, die ihr hageres, faltiges Gesicht mit einer dicken, weißen Puderschicht geschminkt hatte und ein Lorgnon auf der Nasenspitze trug. Es hörte sich immer näselnd an, wenn sie sprach.

Adeline streckte die Beine aus und wackelte vorsichtig mit den Zehen, um ihre gefühllosen Füße wiederzubeleben. Sie zog eine Grimasse angesichts des leisen Kribbelns, das sie spürte, als ihre Füße wieder ausreichend durchblutet wurden. „Emma?"

„Ich komme, Gräfin." Die Zofe kam mit dem warmen Wasser aus dem Bad, und Adeline hatte schon den ersten Strumpf heruntergerollt, als Emma die Schüssel vor ihrem Sessel auf den Boden stellte. Ihre Mutter warf ihr immer vor, sie sei zu ungeduldig, aber Adeline verstand nicht, warum sie warten sollte, wenn es keinen vernünftigen Grund dafür gab. Sie hielt nichts davon, nur dazusitzen und darauf zu warten, dass etwas geschah. Sie hatte vor, etwas aus ihrem Leben zu machen. Und der erste Schritt würde sein, sich bei Hofe unentbehrlich zu machen.

„Jedenfalls habe ich bei den Damen heute die herrlichsten Seiden gesehen", nahm sie die Beschreibung der fürstlichen Gewänder wieder auf, die um die Tafel geschimmert und geglitzert hatten. „Die Kleider waren mit feinen Perlen und Goldfäden bestickt, es war ein Traum. Und stell dir vor: Gräfin von Hacke hatte sogar einen Pelzbesatz an ihrem Cape. Mitten im Hochsommer!" Sie schüttelte lachend den Kopf und tauchte die Füße in das warme, mit duftendem Öl versetzte Wasser. „Tut das gut!" Sie schloss die Augen und lehnte sich zurück. Ein Lächeln huschte über ihr Gesicht, als sie an die vornehme Tischgesellschaft dachte.

Doch ihre Aufmerksamkeit hatte nicht nur den Damen und ihrer erlesenen Garderobe gegolten. Auch die Herren hatten ein stattliches Bild abgegeben – allen voran der Kaiser selbst, der mit seinen buschigen Koteletten und der makellosen Haltung allen anwesenden Männern ein Vorbild war. Die betagten Generäle und Hofräte hatten silbergraues Haar, mächtige Bärte und gut genährte Bäuche, während die jungen Offiziere durch schneidige Uniformen, elegante Manieren und neckische Blicke auffielen.

Auch der junge Offizier, den Adeline vom Fenster aus im Lustgarten gesehen hatte, war ihr an diesem Abend begegnet. Wenn er sie erkannt hatte, ließ er es sich nicht anmerken, aber ihr war aufgefallen, dass er einige Male verstohlen zu ihr herübergeblickt hatte. Schade, dass sie nicht die Gelegenheit gehabt hatte, mit ihm zu sprechen. Sich seinen Namen zu merken, bereitete ihr jedenfalls keine Mühe: Alexander von Hohenthal. Er war der Bruder von Ida, die sie heute so freundlich begrüßt und ihr bei Tisch gegenübergesessen hatte. Adeline lächelte. Sie würde schon noch etwas über den dunkelhaarigen Soldaten mit dem melancholischen Blick herausfinden.

Als Adeline wenig später in ihre Kissen sank, blieb ihr jedoch keine Zeit mehr zum Träumen, denn sie fiel sofort in einen tiefen Schlaf, aus dem sie am nächsten Morgen um sechs Uhr früh nur mühsam wieder erwachte. Ihr erster Arbeitstag als Hofdame der Kaiserin hatte begonnen.

Adeline war noch keine ganze Woche bei Hofe, als sie einen Brief von zu Hause erhielt. Ihre Mutter beklagte sich darüber, dass sie nach einer ersten kurzen Nachricht vom Abend ihres Eintreffens noch keinen Brief von ihrer Tochter bekommen hatte. Überhaupt bestand das Schreiben ihrer Mutter überwiegend aus Klagen. Darüber, dass Christian in der Schule keine rechten Fortschritte mache; dass Fannys Kinder so kränklich seien; dass es wegen einer finanziellen Angelegenheit schon wieder Unstimmigkeiten mit Pastor Hachtmann gegeben habe.

Adeline ließ das Blatt Papier, das mit den geschwungenen Initialen ihrer Mutter versehen war, sinken. Sie runzelte die Stirn. Dass man es ihrer Mutter kaum einmal recht machen konnte, daran hatte sie sich gewöhnt. Aber dass sie immer Streit mit den Geistlichen suchte, konnte Adeline nicht verstehen. Einerseits schien ihre Mutter nur der gesellschaftlichen Pflicht Genüge zu tun, wenn sie in ihrem Sonntagsstaat den Gottesdienst besuchte oder Blumenschmuck für die Kirche spendete. Andererseits mischte sie sich immer wieder in die Angelegenheiten des Pastors ein. Natürlich gab es im Hause Schimmelmann eine tägliche Andacht, wie es sich für eine adelige Familie gehörte, die schließlich ein Vorbild für andere war. Und oft hatte Adeline in der großen Bibel mit den Bildern von Schnorr von Carolsfeld geblättert, die zu Hause im Bücherregal ihres Vaters stand. Besonders die Bilder, die zeigten, wie Jesus Kranke heilte oder mit den Armen und Verachteten zu Tisch saß, liebte sie sehr. Aber ansonsten hatte der christliche Glaube im alltäglichen Leben auf Schloss Ahrensburg keine große Rolle gespielt, oder jedenfalls kam es ihr so vor. Und darüber, was der Glaube für sie persönlich bedeutete, sprachen ihre Eltern nicht – zumindest nicht in der Öffentlichkeit. Nur wenn sie mit ihrem Vater allein war, äußerte er gelegentlich seine Überzeugungen.

Bei Adelines Konfirmation hatte ihr Vater jedoch eine kurze Ansprache gehalten, die sie tief berührt hatte. „Trachtet zuerst nach dem Reich Gottes", das war die Botschaft gewesen, die er seiner fünfzehnjährigen Tochter an jenem Tag mitgegeben hatte, und sie hatte sich seither bemüht, diese Mahnung nicht zu vergessen. Allerdings musste sie zugeben, dass es angesichts des unglaublichen Reichtums, der sie hier im kaiserlichen Schloss umgab, gar nicht so einfach war, diesen Grundsatz zu beherzigen. Es wimmelte hier nur so vor Menschen, die voller hochgesteckter Ziele waren, voller Neid auf den Erfolg anderer und getrieben von der Gier, noch mehr Wohlstand und Besitz zu erlangen. So wollte Adeline nie werden!

Sie seufzte und griff zu Schreibpapier und Federhalter, um ihrer Mutter zu antworten. Ihrer Schwester hatte sie gleich am Tag nach ihrer Ankunft in Berlin ausführlich geschrieben. Sie hatte Sophie von ihren früheren Kolleginnen und Freundinnen gegrüßt und ihre ersten Eindrücke beschrieben. Seitdem hatte sie kaum Zeit gehabt, Luft zu holen, geschweige denn die Muße, einen langen Brief zu verfassen. Heute, am Sonntag, hatte sie nach dem

Gottesdienst in der Schlosskapelle und einem formellen Mittagessen mit der Kaiserin einige Stunden zu ihrer freien Verfügung.

Eine Stunde später hatte Adeline drei eng beschriebene Bögen Papier vor sich liegen. Sie legte den Federhalter in die Marmorschale auf dem Tisch und streckte sich. Ihr war nicht bewusst gewesen, wie viel sie in den vergangenen Tagen gesehen und gelernt hatte. Sie hatte vom Hofprotokoll berichtet, ihrer Mutter von den anderen Hofdamen erzählt und von den vielen Sälen und Kammern des Schlosses mit ihren kostbaren Wandbehängen, den stolz aufragenden Säulen und den Porträts früherer Generationen. Vor allem aber hatte sie mit glühenden Worten über die Kaiserin geschrieben.

Viele wichtige Leute – darunter auch der Kaiser selbst – fanden, dass Augusta sich zu sehr in die Regierungsangelegenheiten ihres Mannes einmischte. Das wurde gemeinhin als ungebührlich betrachtet. Stattdessen erwartete der Hof, dass die Kaiserin sich gesellschaftlichen Dingen widmete, dass sie wohltätige Zwecke unterstützte und sich ansonsten aus der Politik heraushielt. Selbstverständlich nahm die Herrscherin ihre ureigensten Aufgaben sehr ernst. In der Öffentlichkeit gab sie sich majestätisch und ernst, aber Adeline hatte festgestellt, dass in ihrem Herzen eine Leidenschaft wohnte, die im Gespräch mit vertrauten Menschen immer wieder zum Vorschein kam. Besonders die Selbstlosigkeit, mit der sie sich im letzten der deutschen Einigungskriege für die Lazarette eingesetzt und sogar selbst verwundete Soldaten gepflegt hatte, beeindruckte Adeline zutiefst.

Auch in den persönlichen Begegnungen war die Kaiserin bislang sehr freundlich zu ihr gewesen.

Adeline faltete den Brief an ihre Mutter zusammen, schob ihn in einen Umschlag und versiegelte ihn mit dem Siegel, das sie als Hofdame der Kaiserin erhalten hatte. Sie bewunderte die Frau, in deren Diensten sie jetzt stand, und würde alles tun, um ihre Pflichten gut zu erfüllen und ihr nachzueifern. Vielleicht konnte sie selbst dann irgendwann auch einmal etwas Großes bewirken!

Mit geröteten Wangen und leuchtenden Augen trat Adeline auf den Balkon hinaus. Unter ihr im Garten waren Girlanden aufgespannt, die sich in der leichten Brise sanft bewegten und im Licht der Fackeln tanzende Schatten warfen. Durch die große Flügeltür hinter ihr drang gedämpft der Klang der Musik zu ihr in die warme Sommerluft hinaus. Die junge Gräfin holte tief Luft und blickte zum Sternenhimmel hinauf, der mit den Lichtern des Schlosses um die Wette leuchtete. Sie konnte sich nicht erinnern, jemals so glücklich gewesen zu sein.

Ihr neues Ballkleid war aus zartrosa Seide mit feinen Biesen genäht und mit winzigen Perlen bestickt. Ein kleines Rosenbouquet zierte ihr Dekolleté, das von hauchzarter Spitze bedeckt war und doch die weiße Haut durchschimmern ließ. Die hochgeschlossenen Kleider, die sie tagsüber trug, waren ebenfalls kostbar und elegant, aber die Abendkleider, die für die Feste und Bälle angefertigt worden waren, ließen Adelines Herz immer ein wenig höherschlagen. Erst am Abend zuvor hatte sie mit Bleistift und Papier an ihrem Schreibtisch gesessen und selbst einen Entwurf für ein Ballkleid gezeichnet. Sie vertiefte sich in jede Modezeitschrift, die sie in die Finger bekam – und bei Hofe wusste man immer über die neuesten Stoffe oder die aktuellen Ärmelformen Bescheid.

„Ach, hier bist du!“

Adeline wandte sich um und lächelte der jungen Frau zu, die in diesem Moment hinter sie trat. Ida und sie hatten sich vom ersten Augenblick an gut verstanden und schon einige Gemeinsamkeiten entdeckt. Beide waren sie mit vielen Geschwistern aufgewachsen und hatten ihre Stelle bei Hofe von einer älteren Schwester übernommen. Sie hatten beide jüngere Brüder, mit denen zusammen sie unterrichtet worden waren, und hielten wenig davon, stillzusitzen, wenn sie laufen, klettern oder sich auf andere Weise bewegen konnten. Wenn man Ida zum ersten Mal sah, vermutete man nicht, dass sich hinter der zierlichen Gestalt mit dem feinen rotblonden Haar und den blassblauen Augen eine so selbstbewusste junge Dame verbarg. Aber sobald ihre Freundin den Mund aufmachte, war schnell klar, dass sie sehr wohl wusste, was sie wollte.

Adeline lächelte und nahm Idas Hand. „Ist das nicht der schönste Anblick, den du dir vorstellen kannst?“, fragte sie mit einem Seufzer.

Ida drückte ihre Hand und zog die feine Stola, die um ihre Schultern lag, ein wenig fester um sich. „Ich wünschte, dieser Abend würde nie zu Ende gehen“, flüsterte sie. „Ich könnte die ganze Nacht tanzen!“

„Ich glaube, mein Herz schlägt schon im Dreivierteltakt“, erwiderte Adeline lachend. Im Gegensatz zu ihrer Freundin war sie eher kräftig gebaut und von großer Statur, aber in ihrer stolzen Eleganz zog sie ebenso viele neugierige Blicke auf sich wie die feenhafte Ida. So viele der jungen Männer hatten sie bereits um einen Tanz gebeten, dass es ihr fast unangenehm war, denn ihr entgingen auch die neidischen Blicke der anderen Damen nicht. Aber wenn sie in den Armen dieser stattlichen Herren über die Tanzfläche schwebte, vergaß sie alles andere. Sie schien dann förmlich schwerelos zu sein. Manchmal kam es ihr vor, als wäre sie für das Leben bei Hofe geboren worden, als hätten ihre ganze Kindheit und Jugend, ihre Erziehung durch Kindermädchen und Gouvernanten, ihr Unterricht durch Hauslehrer und selbst die wenigen Monate im Mädchenpensionat endlich einen Sinn erhalten. Wenn sie jetzt noch eine angemessene Verbindung mit einem hochrangigen Militär oder einem wichtigen Politiker einging, würden ihr alle Türen offenstehen.

Noch vor wenigen Wochen hätte Adeline nicht gedacht, dass gesellschaftliche Stellung und Einfluss so anziehend sein konnten. Doch je mehr sie über die Beziehungen der kaiserlichen Familie lernte, desto mehr faszinierte sie diese Welt der Politik.

„Hast du gehört, was ich gesagt habe, Adeline?“ Idas Stimme

riss sie aus ihren Gedanken. „Ich gehe wieder hinein – meine Karte ist randvoll, und ich will nicht noch einen Tanz auslassen."

„Geh du nur", sagte Adeline lächelnd. „Ich komme gleich nach."

Wieder blickte sie zum Nachthimmel auf. Die Sterne schienen plötzlich ein wenig blasser zu sein, als wollten sie sich missbilligend zurückziehen. Adeline verspürte mit einem Mal Gewissensbisse, wenn sie daran dachte, mit welchem Eifer sie sich in das gesellschaftliche Leben gestürzt hatte und wie oft ihre Gespräche und Aktivitäten sich doch um nichtige Dinge wie Kleider und Einladungen drehten. War dieses Leben wirklich das, was Gott für sie im Sinn hatte? Oder war seine Stimme bei all dem Lärm von Unterhaltung, Tanz und Musik verstummt?

Herzensangelegenheiten

Es war an einem Sonntagnachmittag, als es an Adelines Tür klopfte. Sie hatte erst vor wenigen Minuten einen Brief an ihren Bruder Wilhelm begonnen und beendete schnell den Satz, den sie gerade geschrieben hatte. In der Eile tropfte ein wenig Tinte auf den Briefbogen. „Oh nein", murmelte sie und presste das Löschpapier auf den Fleck. Dann schob sie resigniert die Schreibutensilien beiseite. Sie würde den Brief später noch einmal neu beginnen. „Herein!", rief sie.

Ida von Hohenthal streckte den Kopf zur Tür herein. „Oh, gut, du bist da! Hast du eine Minute Zeit?"

Adeline stand auf und ging auf die andere Hofdame zu. Ida lächelte verschmitzt, und Adeline war gespannt, was ihre Freundin für Neuigkeiten mitgebracht hatte.

„Natürlich, komm herein, Ida. Ich lasse uns Tee bringen." Sie hatte Emma den Nachmittag freigegeben, und so betätigte sie selbst die Klingel, die einen Hofdiener herbeiholen würde. Dann strich sie den Rock ihres weißen Kleides glatt, dessen silberne Stickereien im hereinfallenden Sonnenlicht glänzten. Als wenige Augenblicke später der Bedienstete erschien, gab sie ihm knappe Anweisungen, bevor sie zu ihrem kleinen graugrünen Sofa ging. Ida war ans Fenster getreten und blickte hinunter in den Garten.

„Was gibt es denn?", fragte Adeline neugierig.

„Komm schnell, dann wirst du es ja sehen."

Adeline musste lächeln. Immer, wenn Ida aufgeregt war, kam der sonst so sorgfältig verborgene sächsische Einschlag in ihrer Sprache zum Vorschein. Sie trat neben Ida und blickte aus dem Fenster.

Unter ihrem Fenster standen zwei Offiziere in ihren schmucken dunkelblauen Uniformjacken mit den roten Aufschlägen, den makellos weißen Hosen und natürlich mit dem Degen an der Seite.

Adeline verbarg sich halb hinter dem schweren Vorhang und musterte die beiden jungen Männer aufmerksam. Den einen der beiden hatte sie noch nie gesehen, aber bei seinem Kameraden handelte es sich um Idas Bruder Alexander. Sie spürte, wie ihr Puls unwillkürlich schneller schlug, aber das würde sie natürlich nie zugeben. „Was gibt es denn da zu sehen?", fragte sie unwirsch. Ihr war es unangenehm, dass dieser groß gewachsene, attraktive Mann eine solche Wirkung auf sie hatte.

Ida grinste. „Wenn du mal aus deinem Versteck kommst und das Fenster öffnest, wirst du es erfahren."

Adeline schüttelte heftig den Kopf. Was sollte sie denn zu den beiden Soldaten sagen? Aber Ida hatte schon den einen Fensterflügel geöffnet.

„Wo darf ich Ihnen den Tee servieren, Gräfin?" Adeline zuckte zusammen. Sie hatte den Diener nicht hereinkommen hören.

„Ich ... äh ... stellen Sie ihn einfach auf dem Tisch ab. Ich schenke dann selbst ein, danke."

Idas Grinsen war noch breiter geworden. Adeline konnte spüren, wie die Röte ihren Hals heraufkroch, bis ihre Wangen glühten. Sie funkelte ihre Freundin hilflos an. Jetzt lehnte Ida sich über die Fensterbank und winkte den beiden jungen Männern zu.

Adeline wäre vor Verlegenheit am liebsten gestorben. Sie zog Ida vom Fenster weg und errötete noch mehr, als diese laut lachte. „Nun stell dich doch nicht so an – man sollte meinen, du hättest dich noch nie mit einem Mann unterhalten."

Natürlich war Adeline zu Hause jungen und alten Männern begegnet, hatte bei Abendgesellschaften höflich Konversation betrieben und sich in den meisten Fällen schrecklich gelangweilt, wenn die Herren sich – je nach Beruf – über Waffen und Kriegsmanöver, Gesetze und Politik oder lateinische Grammatik und griechische Dichter unterhielten. Aber noch nie hatte sie ein solches Herzklopfen verspürt oder feuchte Hände bekommen, wenn sie daran dachte, mit einem Mann reden zu müssen.

„Alexander möchte dich gerne kennenlernen“, sagte Ida lächelnd. „Ich habe ihm von dir erzählt und er hofft, dass du mit ihm einen Spaziergang durch den Garten machst.“

Wieder schüttelte Adeline den Kopf. Ihr, der sonst immer eine schlagfertige Bemerkung einfiel, schien es plötzlich die Sprache verschlagen zu haben.

Ida zog wortlos die Augenbrauen hoch und lächelte spöttisch. „Ich habe ihm natürlich nicht gesagt, dass du mich nach ihm ausgefragt hast. Was ihn betrifft, glaubt er, du seiest unnahbar und gar nicht an Männern interessiert.“ Sie grinste wieder. „Aber es ist nicht schlecht, wenn du ihn ein bisschen zappeln lässt. Dann gibt er sich mehr Mühe.“

Adeline schluckte. Sie wünschte, sie könnte ihre Verlegenheit ablegen und die Neckereien ihrer Freundin gelassen hinnehmen, aber es gelang ihr nicht.

„Keine Sorge“, beschwichtigte Ida sie. „Natürlich musst du dich nicht alleine mit ihm treffen. Sein Offiziersfreund, Leutnant Heinrich, hat offenbar ein gewisses Interesse an meiner Wenigkeit bekundet.“ Jetzt röteten sich auch ihre Wangen ein wenig. „Wir können also einen Spaziergang zu viert verabreden.“

Adeline zögerte. Dann nickte sie. „Also gut.“ Sie streckte die Hand nach der Teekanne aus und merkte, dass sie nur ein klein wenig zitterte, als sie zwei Tassen füllte.

Ida strahlte. „Ich wusste doch, dass du für ein Abenteuer zu haben bist! Ich sage Alexander gleich, dass wir morgen Abend nach dem Dessert einen Spaziergang durch den Lustgarten machen werden.“ Sie beachtete den Tee auf dem Tischchen gar nicht, sondern lief so schnell zur Tür, dass ihr Seidenkleid fröhlich knisterte. „Ich sage dir heute beim Essen Bescheid.“ Und schon war sie entschwunden.

Adeline stellte ihre Tasse ab und starrte hinter ihrer lebhaften Freundin her. Worauf hatte sie sich da nur eingelassen?

„Wie von goldnen, wie von goldnen Harfensaiten klingt mein Lied zu dir. Deine Flügel, deine Flügel sollst du breiten, schwing dich auf mit mir …“ Der junge Mann, der vor dem Kamin stand, trug die letzten Verse des Gedichts mit der gleichen Inbrunst vor, mit der er zuvor seine Erzählung gelesen hatte. Das vorhin noch so ordentlich gekämmte Haar war ihm vor Leidenschaft in die Stirn gefallen. Adeline musterte den Dichter, der kaum älter sein konnte als sie selbst, mit Interesse. Jetzt ließ er das Notizbuch sinken, das er bis dahin fest umklammert hatte. Einige Sekunden lang herrschte Schweigen, dann ertönte der erste Beifall.

Während die anderen Gäste des Salons einstimmten und hier und da ein zustimmendes Murmeln zu hören war, erhob Gräfin Maximiliane von Arnim sich und trat zu dem Dichter. „Mein lieber Hart, das war sehr erhebend“, sagte sie lächelnd. „Vielen Dank, dass Sie uns an Ihrem Werk teilhaben lassen.“ Die Gräfin blickte in die Runde der etwa sechzig Anwesenden und legte eine Hand auf den Arm des Mannes. „Meine verehrten Gäste, es ist mir ein Anliegen, Ihnen unseren jungen Freund ans Herz zu legen. Heinrich Hart ist noch nicht lange in der Stadt und trägt heute zum ersten Mal etwas zu unserem Teeabend bei, also nehmen Sie ihn bitte unter Ihre Fittiche. Ich danke Ihnen.“

Nachdem die Gastgeberin sich gesetzt hatte, fingen überall im Raum Gespräche an. Einige Gäste erhoben sich und wandelten zu zweit oder dritt durch den Raum, während andere sich Tee einschenken ließen oder von dem dazu gereichten Gebäck kosteten. Adeline war ebenfalls aufgestanden und ging auf Hart zu. Er verneigte sich, als sie zu ihm trat.

„Das war sehr fesselnd, Herr Hart. Und so glühend vorgetragen – bewundernswert.“ Adeline reichte ihm die Hand. „Ich heiße Adelaide Gräfin von Schimmelmann – aber die meisten nennen mich Adeline“, fügte sie lächelnd hinzu.

Der junge Dichter errötete und stammelte eine Begrüßung.

„Ich … vielen Dank, Gräfin … zu gütig … Ich … Sie …“ Auf einmal war von der flüssigen Sprache seiner Gedichte nichts mehr zu spüren.

„Ich interessiere mich sehr für Literatur und wünschte, ich könnte auch mit einer solchen Leidenschaft schreiben.“ Sie warf ihm ein verschmitztes Lächeln zu. „Aber ich fürchte, meine armseligen Verse würden vor Ihren Ohren keine Gnade finden.“

„Adeline! Ich habe dich schon gesucht.“ Die klangvolle Stimme, die hinter ihr ertönte, gehörte dem Mann, dem sie in den letzten Monaten immer nähergekommen war. Jedes Mal, wenn sie ihn sah, schlug ihr Herz höher, auch wenn ihre anfängliche Nervosität einem wohligen Kribbeln gewichen war. Erst vor wenigen Tagen hatte Alexander von Hohenthal Andeutungen gemacht, mit seinem Vater über Adeline sprechen zu wollen. Dann hatte er sie geküsst. Sie hatte die halbe Nacht nicht geschlafen.

„Alexander – darf ich dir Heinrich Hart vorstellen? Er ist ein vielversprechender Künstler und neu in Berlin. Herr Hart, dies ist Alexander von Hohenthal, Leutnant der kaiserlichen Garde.“

Von Hohenthal nickte kurz und sah Adeline mit hochgezogenen Augenbrauen an. Sie kannte diesen Blick. Er bedeutete so viel wie: „Na, hast du wieder einen armen Wicht gefunden, den du bemuttern kannst?“ Nicht zum ersten Mal ärgerte sie sich über die spöttische Art, die Alexander manchmal an den Tag legte. Einerseits war er ein so charmanter, aufmerksamer Mann, der ihr jeden Wunsch von den Augen ablas und der rührend um seine Schwester besorgt war. Dann wieder zeigte er Eigenschaften, die das Bild vom vollkommenen Kavalier unschön störten. Wenn sie diesen herablassenden Blick sah, stieg ein mulmiges Gefühl in Adeline auf. War Alexander wirklich der Mann, mit dem sie den Rest ihres Lebens verbringen wollte? Würden die Eigenarten, die sie jetzt nur gelegentlich irritierten, mit den Jahren vielleicht stärker werden und der galante, großzügige Mann, den sie so bewunderte, immer mehr verschwinden? Würden seine Liebe zu ihr, die er ihr gegenüber immer beteuerte, und die Achtung, die er ihr entgegenbrachte, andauern? Oder würde er irgendwann auf sie herabblicken oder ständig ungehalten sein?

Bislang hatte sie nicht zugelassen, dass diese Zweifel in ihr Wurzeln schlugen. Sie hatte seine Aufmerksamkeiten und das Herzklopfen viel zu sehr genossen, um seine – und ihre eigenen – Gefühle ernsthaft zu hinterfragen. Doch je mehr sie über Alexander nachdachte, anstatt ihn nur anzuhimmeln, desto unsicherer wurde sie, ob er der Richtige für sie war.

In diesem Augenblick ertönte um sie herum wieder Applaus und ihre Gastgeberin ergriff das Wort. „Hören Sie nur, Herr Hart …“, begann Adeline, während sie sich umwandte, aber der Dichter war verschwunden. Ihr Blick begegnete dem Alexanders, und sein bewunderndes Lächeln verfehlte auch diesmal seine Wirkung nicht. Sie reichte ihm die Hand, und er hob sie an seine Lippen, während er ihr tief in die Augen sah.

Es war ein grauer, aber schwülwarmer Tag, an dem Adeline an der hohen Steinmauer vor den Toren der Stadt aus der Kutsche stieg. Vor dem Staub der Berliner Straßen waren sie und ihre Freundin Ida selbst während der Fahrt in der geschlossenen Kutsche nicht geschützt gewesen. Adeline konnte in dem Schmutz, der ihr in Mund und Nase gestiegen war, die Armut förmlich schmecken.

Seit einem Jahr war Adeline jetzt in der Hauptstadt und am kaiserlichen Hof. In dieser Zeit hatte sie nicht nur rauschende Feste, Glanz und Gloria des Schlosses und anregende Gespräche über Literatur und Kunst kennengelernt, sondern auch die Schattenseiten der Stadt. Als Hofdame wurde von ihr erwartet, dass sie sich für wohltätige Zwecke einsetzte, so wie ihre Kaiserin selbst es tat. Und da Augusta ihr großes Vorbild war, hatte Adeline sich mit Eifer in diese Aufgabe gestürzt.

Trotzdem war sie bei ihren ersten Besuchen in den Armensiedlungen Berlins und in den Krankenhäusern entsetzt gewesen. Was für ein Elend und Leiden herrschte dort! Selbst diejenigen, die eine geregelte Arbeit in einer der Fabriken und damit ein festes Einkommen hatten, verdienten kaum genug, um ihre Familien zu ernähren. Und wer krank, alt oder allein war, dem blieb oft nichts mehr als das Betteln um milde Gaben. Was die junge Gräfin jedoch am meisten erschüttert hatte – und was ihr jedes Mal wieder neu zu schaffen machte –, war die abgrundtiefe Hoffnungslosigkeit der Menschen, denen sie bei ihrer Tätigkeit begegnete. Wie oft hatte sie die Augen der Armen gesehen, die geradezu leblos erschienen, hatte die hängenden Schultern bemerkt, in denen sich eine Mutlosigkeit spiegelte, die Adeline zutiefst anrührte.

Jetzt stand sie mit Ida vor dem Eingang des königlichen Zellengefängnisses in Moabit und blickte an den mit Stacheldraht versehenen Mauern hinauf. In den nächsten zwei Stunden würden sie gemeinsam mit einigen Gefangenen einen Gottesdienst feiern und ihnen anschließend vorlesen, um ein Stückchen Normalität in die Gefängnismauern zu bringen.

„Bist du so weit?“, wollte ihre Freundin wissen. Sie klang nervös. „Wenn ich jetzt nicht hineingehe, traue ich mich am Ende gar nicht mehr.“

Adeline holte tief Luft und nickte. Ihr war ebenfalls mulmig zumute, obwohl sie in Begleitung zweier Soldaten waren und natürlich unter strengsten Sicherheitsvorkehrungen von einem Gefängniswärter durch das Gebäude geführt werden sollten. Und bei den Gefangenen, die an der Veranstaltung teilnehmen durften, handelte es sich ausschließlich um Musterhäftlinge. Trotzdem waren es Kriminelle – Menschen, die gewalttätig sein könnten oder es zumindest einmal gewesen waren. Aber auch sie brauchten Gottes Liebe und hin und wieder etwas Schönes im Leben. „Das Mindeste, was wir tun können, ist, diesen armen Seelen etwas Gutes zu tun. Wenn selbst die Kaiserin sich zu den Ärmsten der Armen wagt, dann sollten wir es auch.“ Adeline nahm Idas Hand und wandte sich an ihre uniformierten Begleiter. „Bitte, meine Herren, wenn Sie uns ankündigen wollen."

Der eine Soldat läutete die Glocke an der Pforte, und wenige Minuten später erschien ein Beamter, der sie begrüßte. Hinter dem Eingangsgebäude eskortierten die Männer sie über einen kleinen Platz zum Tor des Hauptgebäudes, von dem vier sternförmig angeordnete Zellentrakte ausgingen. In einem von ihnen waren die Gefangenen untergebracht, die wegen kleinerer Delikte wie Diebstahl oder Hehlerei einsaßen. Die Abteilungen, in denen Aufständische und Mörder in Gewahrsam gehalten wurden, waren durch doppelte Gittertüren abgetrennt, sodass sie mit Gewaltverbrechern gar nicht in Berührung kommen würden. Trotzdem schlug Adeline das Herz bis zum Hals, als sie an den vergitterten Zellentüren und den sie wachsam beobachtenden Augen vorbei zu dem Saal ging, in dem die Veranstaltung stattfinden sollte.

„Herzlich willkommen in unserem schönen Heim, die Damen", ertönte plötzlich eine spöttische Stimme aus einer der Zellen. Einige andere Gefangene lachten, und einer schlug mit einem Löffel gegen das Gitter seiner Tür. Adeline zuckte zusammen und umklammerte Idas Hand, die sich ebenso klamm anfühlte wie ihre eigene. Keine von beiden wagte eine Erwiderung, sondern sie nickten nur kurz und eilten weiter, während der Wärter den Mann mit dem Löffel anschnauzte.

Schließlich erreichten sie den Raum, der ebenso kahl und hell ausgeleuchtet war wie die Gänge, durch die sie gegangen waren. Ganz oben an den nackten, schmutzig grauen Wänden gab es vergitterte Fenster, die etwas diesiges Sonnenlicht hereinließen. Holzstühle waren in drei Reihen aufgestellt, offensichtlich in Erwartung der Besucher. Vorne stand ein Tisch, über den ein schäbiges, verschlissenes Tischtuch gebreitet worden war, und an der Wand dahinter hing ein grob aus Holz geschnitztes Kreuz. Sonst ließ nichts darauf schließen, dass hier ein Gottesdienst gefeiert werden sollte. Der Raum bot einen so trostlosen Anblick, dass es

Adeline einen Stich versetzte. Plötzlich schien ihr all der Prunk, von dem sie jeden Tag umgeben war, fast unanständig.

Auf dem Weg durch den Zellengang hatte sie sich gefragt, warum manche der Gefangenen sie mit so hasserfüllten Blicken angesehen hatten. Jetzt war es ihr mit einem Mal klar. Wie herablassend musste es den Männern erscheinen, wenn sie in ihrem Seidenkleid hier erschien und zwei Stunden ihrer ach so kostbaren Zeit für diese Menschen opferte. Adeline spürte, wie ihre Wangen sich vor Scham röteten. Sollte sie nicht lieber fragen, was Menschen dazu brachte, zu stehlen oder mit Hehlerware zu handeln? War es nicht oft die Not, die anständige Bürger und Familienväter in solche Verzweiflung stürzte, dass sie Unrecht begingen, nur um ihre Frauen und Kinder zu ernähren? Und griffen sie unter Umständen nicht deswegen zur Flasche, weil sie keinen Ausweg aus ihrer misslichen Lage sahen? Als sie den Blick hob, um ihre Freundin anzusehen, hatte sie Tränen in den Augen. „Weißt du", raunte sie Ida zu, „ich schäme mich schrecklich. Wie überheblich es von mir ist zu meinen, diese Menschen müssten uns für unseren Besuch dankbar sein! Wir wissen doch gar nicht, was für ein Leben sie führen. Wie können wir da über sie urteilen?"

„Ich weiß, was du meinst." Ida nickte nachdenklich. „Aber was können wir schon daran ändern?"

Adeline zuckte mit den Schultern, aber in diesem Augenblick beschloss sie, etwas zu tun, um die Not der Armen zu lindern. Sie wusste noch nicht, was das sein könnte. Aber sie würde nicht tatenlos zusehen, wie ganze Familien im Elend versanken, weil die Armut sie zum Äußersten trieb.

Die darauf folgenden zwei Tage waren so mit höfischen Pflichten angefüllt, dass Adeline kaum wusste, wo ihr der Kopf stand. Eine Audienz mit Vertreterinnen verschiedener Wohltätigkeitseinrichtungen stand ebenso auf dem Programm wie die Vorbereitung der Feierlichkeiten anlässlich des Sedantages. Der Nationalfeiertag am zweiten September würde mit einer Militärparade des Gardekorps, einem Festessen für etwa dreihundert geladene Gäste und einem Gedenkkonzert in der Schlosskapelle begangen werden. Zahlreiche deutsche Fürsten und Abgeordnete verschiedenster Regimenter aus dem ganzen Reich wurden mit ihrem Gefolge erwartet. Doch auch für das Volk wurden die verschiedensten Feiern veranstaltet. Dazu sollten alle Kirchen mit Geläut an die Schlacht von Sedan erinnern, bei der man den entscheidenden Sieg über die Franzosen errungen hatte.

Als Adeline sich am Samstagnachmittag mithilfe ihrer Zofe und zweier Dienstmädchen für den Besuch des königlichen Opernhauses zurechtmachte, war sie schon so müde, dass sie kaum noch die Augen offenhalten konnte.

„Was wird denn heute im Opernhaus gegeben, Gräfin?“, fragte Emma, während sie mit einer weichen Bürste über Adelines weiße seidene Schuhe fuhr.

„Eine neue Oper von Verdi hat heute Premiere – in Italien ist die *Aida* schon ein riesiger Erfolg.“

Ihre Zofe hielt bei der Arbeit inne und ihr Blick wanderte verträumt zum Fenster hinaus. „Ich wünschte, ich könnte mitkommen“, seufzte sie.

Adeline legte eine Hand auf Emmas Arm. „Und ich wünschte, ich könnte dich an meiner Stelle schicken“, sagte sie seufzend. Doch dann erhellte sich ihre Miene. „Was hältst du davon, wenn ich dir eine Karte für deinen freien Tag besorge? Oder nein! Ich werde zwei Karten für dich kaufen, dann kannst du mit deinem Verehrer hingehen.“

Emma errötete. „Ich … ich habe doch keinen … also wirklich, Gräfin, Sie machen sich über mich lustig.“

„Nein, kein bisschen. Schließlich hast du auch ein Recht auf ein bisschen Vergnügen. Du arbeitest sowieso zu viel.“

Ein Grübchen erschien auf ihrer Wange, als ihr Lächeln breiter wurde. „Und wenn ich mich nicht irre, gibt es einen sehr netten Beamten in der Schreibstube, der sich auffällig oft in diesen Teil des Schlosses verirrt."

Emma riss die Augen auf, und Adeline musste unwillkürlich lachen. „Nun sieh mich nicht so entsetzt an. Ich bin schließlich eine Frau und merke so etwas. Und du", fügte sie ernster hinzu, „bist auch eine Frau und solltest dich wirklich langsam nach einem geeigneten Heiratskandidaten umsehen."

„Aber ich bin doch viel zu alt zum Heiraten, Gräfin!" Emma war die Unterhaltung sichtlich unangenehm, aber Adeline ließ nicht locker.

„Nein, das bist du keineswegs. Es gibt durchaus Männer, die eine selbstbewusste Frau mit Lebenserfahrung zu schätzen wissen." Sie dachte an Alexander und überlegte kurz, ob er auch einer von diesen Männern war. Dann verdrängte sie den Gedanken wieder. „Also, abgemacht – du bekommst die Karten, und ich überlege mir, wie wir den jungen Beamten dazu bringen, mit dir hinzugehen. Wer weiß, vielleicht läuten ja für uns beide schon bald die Hochzeitsglocken?"

Als Adeline drei Stunden später die kaiserliche Loge betrat und sich in dem riesigen Saal umschaute, war ihre Müdigkeit verflogen. Sie genoss die Atmosphäre in dem barocken Opernhaus mit seinen von reichem Stuck umrahmten Deckengemälden und den schweren Samtvorhängen. Auf vier hohen Rängen drängten sich neugierig musikbegeisterte Menschen, und das Stimmengewirr war wie ein Klangteppich, der die eigenen Schritte zu verschlucken schien. Hunderte Kerzen flackerten an den Wänden und ließen die Temperatur im Saal stetig steigen. Das jüngste Werk des italienischen Meisters hatte schon im Vorfeld für Aufregung gesorgt, als die für November 1871 in Kairo geplante Uraufführung hatte verschoben werden müssen, weil Requisiten und Kostüme durch den Krieg zwischen Preußen und Frankreich in Paris eingeschlossen gewesen waren. Seither hatte *Aida* einen Siegeszug durch ganz Europa angetreten, und nun war die Oper endlich auch in Berlin angekommen.

Während der Aufführung widmete Adeline sich ganz dem schillernden Schauspiel mit seinen majestätischen Szenen, den fremdländisch anmutenden Kostümen aus dem alten Ägypten und dem Können der Sänger, die alle Mitglieder der Hofgesellschaft in ihren Bann zogen. Doch kaum senkte sich der Bühnenvorhang unter Applaus zur Pause, erhob sie sich von ihrem Platz und ließ ihre Blicke durch die Loge schweifen. Drei Plätze weiter saß die Kaiserin aufrecht auf ihrem thronartigen Sessel, rechts und links eingerahmt von ihren Palastdamen. Gleich hinter ihr hatte Kaiser Wilhelm gesessen, doch er war inzwischen aufgestanden und sprach mit einigen anderen Herren. An den Seiten und in der hinteren Reihe standen Offiziere der kaiserlichen Leibgarde, und hinten links in der Ecke sah sie einen dunkelhaarigen, groß gewachsenen Mann in Ausgehuniform, der ihr den Rücken zukehrte. Adeline lächelte. Diesen muskulösen Rücken und die in diesem Rahmen erlaubte lässige Haltung hätte sie überall erkannt.

„Ist diese Musik nicht herrlich?", unterbrach Ida in diesem Augenblick ihre Gedanken. „Und das Drama! Ich wünschte, ich hätte auch so einen *Radames*", fügte sie seufzend hinzu und Adeline errötete ein wenig. Ida wusste, was ihre Freundin für Idas älteren Bruder empfand – schließlich war sie es ja, die bei den beiden Amor gespielt hatte und ihnen auch jetzt ein paar Minuten in ungestörter Zweisamkeit ermöglichte. Trotzdem war es ihr unangenehm, wie offen Ida über Liebesangelegenheiten sprach. Für sie waren solche Gefühle Privatsache – vielleicht etwas, das auf ihre nordische Natur zurückzuführen war oder auf das Vorbild ihrer Eltern, die auch nie über ihre Gefühle sprachen. Ihre Mutter zeigte selbst den eigenen Kindern gegenüber kaum je eine Gemütsregung, und dass ihre Eltern jemals so etwas wie Leidenschaft füreinander empfunden haben sollten … Adeline spürte, wie ihr bei diesem Gedanken die Wärme in die Wangen stieg. Als die Gräfin von Oriola auf sie zutrat, war sie froh über die Ablenkung, auch wenn sie der älteren Dame mit dem strengen Blick und den engen Ansichten sonst lieber aus dem Weg ging.

Als die Mitglieder der kaiserlichen Gesellschaft kurz vor Mitternacht in Richtung Schloss aufbrachen, war Adeline noch ganz erfüllt von den Klängen der Musik, vom Anblick all der bunten Kleider und von dem anregenden Champagner, mit dem der Opernbesuch ausgeklungen war. Es war ein vollkommener Abend gewesen, und auch Alexander war so charmant und aufmerksam gewesen wie schon lange nicht mehr. Sie seufzte glücklich und schob die Gardine ihrer Kutsche beiseite, um in die Nacht hinauszusehen. Auf der gegenüberliegenden Straßenseite sah sie im Schein einer Straßenlaterne eine Gestalt. Es war ein Junge, vielleicht zwölf oder dreizehn Jahre alt, der eine abgerissene Hose und keine Schuhe trug. Als eine Kutsche auf ihn zukam, sank er auf die Knie und streckte beide Hände aus. Adeline konnte sein Gesicht, das im Schatten lag, nicht erkennen, aber plötzlich schienen die Lichter des Festsaals, den sie gerade verlassen hatte, in ihrer Erinnerung nur noch halb so schön zu leuchten.

„Ich verstehe nicht, warum du wegen dieser Verbrecher einen solchen Aufstand machst!“ Alexanders Stimme klang gereizt. „Du tust ja gerade so, als wäre es unsere Schuld, dass sie im Gefängnis sitzen.“

Adeline hatte sich mit dem linken Arm bei ihm untergehakt, während sie in der Rechten ihren zierlichen Sonnenschirm trug, um sich auf ihrem Spaziergang durch den Park vor der brennenden Mittagssonne zu schützen. Doch die Wärme, die jetzt ihre Wangen glühen ließ, rührte nicht von der drückenden Wetterlage her.

„Du hättest die armen Männer sehen sollen“, sagte sie mit Nachdruck. „Sie sind ganz verbittert und ohne jede Hoffnung.

Und was soll aus ihren Familien werden, während sie im Gefängnis sind?" Bevor der schneidige Offizier an ihrer Seite etwas einwenden konnte, fuhr sie fort: „Ja, ich glaube, wir sind tatsächlich nicht unschuldig an dem Schicksal dieser Leute. Viele von ihnen sind Menschen, die verzweifelt sind und keinen anderen Ausweg mehr sehen, als zu stehlen, damit ihre Kinder etwas zu essen haben. Und was tun wir gegen die Armut in dieser Stadt? Und im ganzen Reich?" Sie blickte Alexander herausfordernd an.

Er sah sie mit gerunzelter Stirn an. „Was verlangst du von mir? Soll ich etwa in die Armensiedlungen gehen und den Leuten Brot bringen?"

„Warum nicht?" Adeline zuckte mit den Schultern. „Uns würde schließlich kein Zacken aus der Krone brechen, wenn wir einmal unsere bequemen Gemächer verlassen und die Ärmel hochkrempeln würden."

Alexander von Hohenthal schüttelte den Kopf, sagte aber nichts. Als Adeline den Blick zu ihm hob, sah sie wieder diesen überheblichen Ausdruck in seiner Miene, den sie so hasste. Wie konnte Alexander nur so herzlos sein? Hatte er denn gar kein Mitleid mit diesen armen Menschen? Wieder spürte sie das nagende Gefühl des Zweifels. Bei dem Gedanken daran, dass sie sich in letzter Zeit mit dem Mann, den sie liebte, fast nur noch stritt, spürte sie ein Brennen hinter den Augen. Sie biss sich auf die Lippe, um die Tränen zurückzuhalten. Hier in der Öffentlichkeit würde sie ihm keine Szene machen, dazu war sie viel zu sehr von der Erziehung ihrer Mutter und ihrer Rolle als kaiserlicher Hofdame geprägt. Aber heute Abend, wenn sie in ihrem Bett lag, würde sie sich wieder einmal in den Schlaf weinen.

Jetzt schwieg sie, während sie an den Nachmittag im königlichen Zellengefängnis zurückdachte. Es war beschämend gewesen zu sehen, wie ausgehungert die Gefangenen nach ein wenig Zuneigung waren. Ein Mann hatte ihr gar die Hand geküsst, als sie sich verabschiedet hatten. Manche der Gefängnisinsassen waren dagegen schon so abgestumpft, dass sie den Gottesdienst über teilnahmslos dagesessen hatten. Angesichts dieses Elends war Adeline die Geschichte aus einer heilen Welt, die sie anschließend vorgelesen hatten, wie ein Hohn erschienen.

Gleich am nächsten Tag hatte sie beim Hoftischler auf ihre Kosten ein neues, mit wenigen Schnitzereien verziertes und ansonsten aus einfachem, glattem Holz gefertigtes Kreuz in Auftrag gegeben, das sie dem Gefängnis schenken wollte. Es war ihr ein Anliegen, durch das Symbol der Liebe Gottes etwas von dieser Liebe in das Leben der Gefangenen leuchten zu lassen. Aber diese spontane Geste konnte nur ein Anfang sein.

Trotzig streckte Adeline das Kinn vor. Sie würde sich nicht davon abhalten lassen, sich für benachteiligte Menschen in Berlin einzusetzen – auch nicht von Alexander mit seinem Charme und seinem verheißungsvollen Blick, der ihre Knie immer wieder weich werden ließ. Gleich morgen würde sie die Kaiserin fragen, wie sie mehr über die Situation der Arbeiter und Erwerbslosen in Erfahrung bringen konnte. Und der Teeabend am nächsten Freitag bei Gräfin von Arnim war eine gute Gelegenheit, andere Damen und Herren der Berliner Gesellschaft für ihre Sache zu gewinnen. Wer sagte denn, dass Hofdamen sich nur mit feinen Kleidern und Literatur abzugeben hatten?

Adeline ließ die Tür zu ihrem Schlafzimmer hinter sich ins Schloss fallen. Es war ihr egal, ob jemand es hörte. Jetzt konnte sie die Tränen, die sie draußen auf dem Gang noch hatte zurückdrängen können, nicht mehr aufhalten. Der Kummer, der ihre Brust zu sprengen drohte, stieg in heftigen Schluchzern auf und erschütterte ihren ganzen Körper.

Es dauerte eine Weile, bis sie sich so weit beruhigt hatte, dass sie wieder einen klaren Gedanken fassen konnte. Wie konnte er nur so gemein sein! Und diesen Mann hatte sie geliebt! Sie schniefte und kramte nach einem Taschentuch. Das Schlimme war, dass sie es immer noch tat. Alexander von Hohenthal war der Mann ihrer Träume, ob sie es wollte oder nicht. Und die Tatsache, dass er sie nicht verstand, schmerzte umso mehr, als sie alles versucht hatte, um ihn zu überzeugen.

Sie schloss die Augen und dachte an die Szene zurück, die sich soeben in der roten Kammer abgespielt hatte. Sie hatten sich nach dem offiziellen Essen im Speisesaal davongeschlichen, um ein paar Minuten für sich zu haben, bevor die Musik im Salon begann. Adeline hatte sich den ganzen Tag auf diese Zeit gefreut, darauf, ihm nahe zu sein, seine kräftigen Arme um sich zu spüren. Schon der Gedanke an seine zärtlichen und zugleich fordernden Küsse hatte ihren Puls schneller schlagen lassen.

Doch dann war alles ganz anders gekommen. Alexander hatte sie nicht umarmt, hatte nicht gelächelt und gescherzt und ihr gesagt, dass er sie liebte. Stattdessen hatte er sie ernst angesehen und die Stirn gerunzelt. „Du musst mit diesem Unsinn aufhören, Adeline“, hatte er gesagt.

„Was meinst du damit?“ Sie sah ihn verständnislos an.

„Damit, dich in anderer Leute Angelegenheiten einzumischen.“ Er klang verärgert, aber sie wusste nicht, was sie getan hatte, um ihn zu erzürnen.

Sie suchte sein Gesicht ab, fand aber keine Erklärung darin. „Ich verstehe nicht – was für Leute? Was soll ich nicht tun?“

„Du verbringst deine ganze Zeit mit politischen Debatten – während der Tischgesellschaften hier bei Hof und bei den Teeabenden und sogar bei Bällen! Die Leute reden schon über dich, weißt du das eigentlich?“

Adeline wollte etwas erwidern, aber noch bevor sie etwas sagen konnte, sprach Alexander weiter. „Sie sagen, du nähmest dir Freiheiten heraus und würdest dich in Sachen einmischen, die dich nichts angehen. Dass du dich als Weltverbesserin aufspielst, indem du immerzu über Ungerechtigkeit und Armut sprichst. Das gehört sich nicht für eine Dame! Du musst schließlich an deinen

Ruf denken. Und ich muss mir die dummen Bemerkungen der anderen Männer anhören, weil du dich so aufführst."

Daher wehte also der Wind! Alexander fühlte sich in seiner Ehre gekränkt, weil die Frau, der er den Hof machte, sich nicht so verhielt, wie es erwartet wurde. Sie hatte in den vergangenen Monaten bewiesen, dass sie nicht nur einen Sinn für Mode hatte, sondern auch einen Kopf, den sie zu etwas anderem gebrauchte, als neue Frisuren auszuprobieren. Und das passte Alexander offensichtlich nicht. Er machte sich keine Sorgen um *ihren* Ruf, sondern um seinen eigenen!

Adeline schob trotzig das Kinn vor. „Und was, bitte schön, ist falsch daran, wenn ich mich für wohltätige Zwecke einsetze? Das tut deine Schwester schließlich auch."

„Hör dich doch nur an! Du klingst schon genau wie Augusta – und weißt du nicht, dass der Kaiser ständig angefeindet wird, weil sie sich nicht aus der Politik des Reiches heraushält?"

„Aber …"

„Natürlich sollt ihr Gutes tun – indem ihr Konzerte veranstaltet und Spenden sammelt oder kirchliche Frauengruppen ermutigt, die sich um Kriegsveteranen kümmern, oder indem ihr Kranke besucht. Eine Frau deines Standes hat nichts in den Armensiedlungen verloren, wo sie sich Gefahren aussetzt und Hetztiraden von Aufrührern und Anarchisten hört. Politik ist Männersache und …"

„Ach ja? Und was kommt bei eurer Männerpolitik heraus? Kriege? Tausende, die im Kampf um die Macht ihr Leben verlieren? Menschen, die in Hunger und Dreck leben? Politiker, die sich gegenseitig anerkennend auf die Schulter klopfen und Champagner trinken?"

Alexander sah sie mit gekränktem Blick an. „Du willst mich offenbar nicht verstehen."

„Das stimmt, ich verstehe dich wirklich nicht. Was erwartest du von mir?"

Er holte tief Luft. „Ich erwarte, dass du dich wie eine Dame benimmst."

Die Farbe wich aus Adelines Gesicht, denn auf einmal wusste sie, was er als Nächstes sagen würde, und der Gedanke schnürte ihr die Kehle zu. Trotzdem trafen seine Worte sie wie ein Schlag.

„Denn wenn du es nicht tust, kannst du nicht meine Frau werden."

Die Drohung hing in der Luft, und die Stille, die folgte, wurde immer schwerer.

Adeline schluckte und senkte den Blick. Sie war nicht sicher, ob ihre Stimme ihr gehorchen würde, aber sie musste ihm antworten. „Ich … ich dachte, du liebst mich, Alexander", flüsterte sie.

Sie wagte nicht, zu ihm aufzublicken, denn sie wollte nicht in seinen Augen lesen, dass sie sich getäuscht hatte, dass die Liebe, die er ihr geschworen hatte, nur eine Illusion gewesen war. Es fühlte sich wie eine Ewigkeit an, bis er endlich sprach.

„Das tue ich ja." Seine Stimme klang jetzt heiser. „Ich liebe dich doch. Aber …"

Aber. Der Kloß in Adelines Kehle wurde größer.

„Aber verstehst du denn nicht, dass ich nur eine Frau heiraten kann, die sich meinem Willen fügt? Und die sich nicht gegen die Traditionen meiner Familie auflehnt?"

Adeline schüttelte den Kopf, und der Schmerz in ihrer Brust vermischte sich mit einem Gefühl der Wut. Sie verstand es nicht. Und vor allem verstand sie nicht, dass Alexander bereit war, sie aufzugeben, nur um den Erwartungen der Gesellschaft zu genügen. Er sagte, dass er sie liebte, aber das waren nur leere Worte. Wenn er sie nicht so nehmen konnte, wie sie war, wenn ihm das Schicksal der armen Menschen gleichgültig war und er sich nur um sein Ansehen scherte, dann war er nicht der Mann, für den Adeline ihn gehalten hatte. Und wenn das Liebe war, konnte sie darauf verzichten. Jedenfalls würde sie nicht aufhören, sich für die Not leidenden Menschen in dieser Stadt einzusetzen.

„Leb wohl, Alexander." Sie wartete seine Antwort nicht mehr ab, sondern wandte sich um und ging.

Adeline wusste nicht mehr, wie sie von der roten Kammer zurück in ihre Suite gekommen war. Jetzt öffnete sie die Augen und ließ ihren Tränen freien Lauf. Es tat so weh! Alexander hatte sie schrecklich enttäuscht, und als sie an Ida dachte, löste das einen neuerlichen Tränenstrom aus. Sie war ihre beste Freundin, und auch wenn Ida nicht bei allem, was Adeline unternommen hatte, dabei gewesen war, hatte sie nie Missfallen geäußert. Sie würde traurig sein, weil ihre Freundin nicht auch ihre Schwester sein würde. Vielleicht ergriff Ida aber auch die Partei ihres Bruders, und dann würde Adeline sie verlieren. Der Schmerz in ihrer Brust wurde bei diesem Gedanken so heftig, dass sie kaum noch atmen konnte.

Es dauerte einige Zeit, bis Adelines Tränen verebbten und ihr Atem wieder freier strömte. Mit dem Nachlassen ihrer Erregung stiegen zugleich andere Gefühle in ihr auf. Hatten ihre Gedanken sich gerade noch ausschließlich um Alexander und um den Schmerz ihrer enttäuschten Liebe gedreht, richtete sich ihr Blick nun in die Zukunft. Adeline war hin und her gerissen zwischen Angst und Trotz. Sie hatte keine Ahnung, wie sie den Geschwistern von Hohenthal jemals wieder unter die Augen treten sollte – aber es blieb ihr nichts anderes übrig. Als Hofdame der Kaiserin konnte sie sich nicht einfach in ihr Zimmer einschließen wie ein verwöhntes Mädchen. Und egal, wie schwer es ihr fiel, sie würde ihre Verpflichtungen wahrnehmen und auch weiterhin das tun, was Alexander an ihr so verurteilte. Sie würde Augusta nacheifern, ob es ihm gefiel oder nicht. Adeline wollte etwas Sinnvolles mit ihrem Leben anfangen, und dahinter mussten auch ihre persönlichen Gefühle zurückstehen.

Ein Klopfen riss sie aus ihren Überlegungen. „Gräfin?", hörte sie Emmas Stimme gedämpft durch die Tür. Sie warf einen Blick in den Spiegel ihres Frisiertisches. Ihre Augen waren gerötet, aber ihr Gesicht sah nicht mehr so leichenblass aus wie noch vor einer halben Stunde. Sie trocknete die letzten Tränen mit einem Taschentuch und strich ihr Kleid glatt. Dann ging sie zur Tür und öffnete sie, um den kleinen Salon zu betreten. „Ja? Was ist denn, Emma?"

Doch dann sah sie Ida, die wie ein Häuflein Elend auf dem kleinen, grün gepolsterten Sofa saß. Als ihre Blicke sich trafen, sprang ihre Freundin auf und eilte ihr entgegen. Im selben Augenblick waren Adelines Bedenken, dass Ida sich von ihr abwenden könnte, wie weggeblasen. Ihre Freundin war beinahe ebenso bleich wie sie selbst, und auch sie hatte geweint.

Wortlos schlossen sich die beiden jungen Frauen in die Arme. Wieder drohten Adeline die Tränen zu kommen, auch wenn es diesmal Tränen der Erleichterung waren.

„Oh Adeline! Es tut mir ja so leid – ich hätte dich warnen sollen."

Adeline trat einen Schritt zurück und sah ihre Freundin verblüfft an. „Warnen? Wusstest du denn, was Alexander vorhatte?"

Ida schüttelte den Kopf und setzte sich. „Nein. Aber ich kenne meinen Bruder, und ich kenne auch meinen Vater, und ich hätte wissen müssen, dass Alexander ihm nicht die Stirn bieten würde."

Adeline sank neben ihr auf das Sofa und zog das Taschentuch aus ihrem Ärmel. Sie verstand das alles nicht. „Dabei habe ich eure Eltern doch noch gar nicht kennengelernt. Vielleicht hätte ich sie ja davon überzeugen können, dass ich nichts Unehrenhaftes tue, wenn ich den Armen in der Stadt helfe."

Ida nahm ihre Hand, und auch sie hatte erneut Tränen in den Augen. „Du kennst meinen Vater nicht. Er ist ein jähzorniger Mann und hat vor einem Jahr unseren ältesten Bruder verstoßen, weil er eine nicht standesgemäße Ehe eingegangen ist. Wir dachten alle, wenn er sich an den Gedanken gewöhnt hat, wird er sich besinnen und Eduard wieder in den Schoß der Familie aufnehmen, aber …"

„Aber ich bin eine Hofdame der Kaiserin! Das ist doch etwas ganz anderes. Bestimmt kann euer Vater an meiner Herkunft nichts aussetzen, nicht wahr?"

„Das nicht. Aber er erwartet von einer Frau, dass sie sich ihrem Mann unterwirft und ihre Wünsche seinen unterordnet, so wie Mutter es getan hat. Sie würde ihm nie widersprechen.“ Ida sah ihre Freundin traurig an. „Eduard ist seiner Elisabeth treu geblieben, aber er muss bitter dafür büßen. Mein Vater ist ganz und gar unnachgiebig. Selbst meiner Mutter hat er verboten, mit Eduard in Verbindung zu bleiben. Ich bewundere den Mut, mit dem die beiden ihr Leben meistern. Aber Alexander ist anders. Er ist … nicht so mutig.“ Sie senkte den Blick.

Adeline presste die Lippen zusammen und atmete tief durch. Es schmerzte, wie sehr sie sich in Alexander getäuscht hatte. Aber besser, es kam jetzt heraus als später, wenn sie ein offizielles Verlöbnis geschlossen hatten oder gar verheiratet waren. Sie erhob sich und straffte die Schultern. „Wo ist Emma?“

„Sie ist in ihr Zimmer gegangen“, antwortete Ida. „Warum?“

Adeline sah ihre Freundin an, und trotz ihrer Tränen lächelte sie ein wenig. „Sie soll mir mein schlichtestes Kleid herauslegen – ich gehe und bringe das Kreuz zu den Gefangenen.“

Neue Wege

Die Kerze in Adelines Hand flackerte heftig im Luftzug, als sie an dem dunklen Fenster vorbeiging. Die Gräfin fröstelte. Zu dieser Jahreszeit war es auf der Insel Seeland nachts schon empfindlich kalt, und die Villa, in der sie jetzt mit ihrer Mutter wohnte, hatte hohe Decken und zugige Flure. Adeline zog mit ihrer freien Hand das warme, schwere Wolltuch, das sie von ihrer Mutter ausgeliehen hatte, fester um die Schultern und beschleunigte ihre Schritte. Sie würde das Mädchen bitten, ein Feuer in ihrem Zimmer zu machen.

Auch wenn Adeline in den letzten Jahren regelmäßig Zeit hier verbracht hatte, nachdem ihre Eltern ins dänische Hellebæk gezogen waren, brauchte sie jedes Mal eine Weile, um sich an das raue Klima zu gewöhnen. Auch diesmal war es nicht anders, nachdem sie gerade erst von einem mehrwöchigen Aufenthalt in Koblenz zurückgekehrt war. Sie hatte die Kaiserin dorthin begleitet, wie sie es in jedem Sommer tat. Es war eine ihrer regelmäßigen Aufgaben, seit sie nicht mehr zur Anwesenheit am kaiserlichen Hof in Berlin verpflichtet war, aber immer noch als Hofdame zu Augustas engstem Kreis gehörte.

Überhaupt schien es Adeline, als wäre sie immerzu unterwegs. Sie hatte das Gefühl, gar nicht recht zur Ruhe zu kommen. Ob mit dem Hofstaat der Kaiserin, mit ihren Schwestern oder ihren Eltern. Der Gedanke versetzte ihr einen schmerzhaften Stich. Es war erst zwei Monate her, dass ihr Vater gestorben war, und sie vermisste ihn mehr, als sie in Worte fassen konnte. Während ihres Aufenthalts am Rhein hatte sie nicht viel Zeit gehabt, darüber nachzudenken, aber jetzt, wo das geschäftige Treiben der höfischen Gesellschaft nicht mehr ihren Tag bestimmte und die Abende lang und einsam waren, spürte sie den Verlust mit doppelter Härte.

Eine Stunde später, als das Feuer die klamme Kälte ihres Zimmers ein wenig vertrieben hatte, setzte Adeline sich an ihren kleinen Schreibtisch und holte einen Briefbogen heraus. Sie würde Ida schreiben – das war für sie der beste Weg, um die trüben Gedanken loszuwerden. Ihre Freundin, die sie vor dreizehn Jahren am Hof der Kaiserin kennengelernt hatte, war seit einigen Jahren verheiratet und hatte zwei süße Töchter. Die ältere, Anna, war ihr wie aus dem Gesicht geschnitten und hatte die gleiche zierliche Figur und die rotblonden Locken wie sie, während die fünfjährige Helene ganz nach ihrem kräftig gebauten, strohblonden Vater Johannes kam. Adeline musste lächeln, als sie an die beiden Mädchen dachte. Es war immer ein besonderes Glück, wenn sie Ida und ihre Familie besuchte, doch zugleich war es auch eine Erinnerung an das, was hätte sein können.

Adeline hatte ihre Entscheidung, Alexander Lebewohl zu sagen, nur selten bereut, aber der Gedanke, dass sich keine kleine Hand in ihre schob und die Augen eigener Kinder nicht mit vertrauensvollem Blick zu ihr aufsahen, tat immer noch weh. Ihr Leben war angefüllt mit vielen spannenden Ereignissen und Menschen, die ihr wichtig waren. Aber manchmal spürte sie tief im Innern eine Leere, die in all den Jahren nicht gefüllt worden war. Sie war jetzt einunddreißig Jahre alt und wusste noch immer nicht, was ihre Aufgabe im Leben war.

„Adeline?“, ertönte in diesem Augenblick die gedämpfte Stimme ihrer Mutter auf dem Gang.

Adeline seufzte und legte den Federhalter fort, den sie gerade in die Hand genommen hatte. „Einen Augenblick, Mutter.“

Auch wenn sie und ihre Mutter nicht immer gut miteinander ausgekommen waren, tat die alte Dame ihr von Herzen leid. Der Verlust ihres Mannes hatte Adelaide von Schimmelmann schwer getroffen. Es war, als hätte sie im Leben völlig die Orientierung verloren, und Adeline tröstete sie, so gut sie konnte, und kümmerte sich um die ganz praktischen, alltäglichen Dinge, wenn sie zu Hause war. In den vergangenen Wochen, als sie mit Augustas

Hofstaat unterwegs gewesen war, hatten die beiden Schwestern ihrer Mutter der trauernden Witwe Gesellschaft geleistet, aber Adeline war nicht sicher, ob das nicht eher eine zusätzliche Belastung für ihre Mutter darstellte. Seit sie denken konnte, nörgelten und kritisierten ihre Tanten an allem und jedem herum. Sie wussten ständig alles besser und hielten mit ihrer Meinung nicht hinter dem Berg. Adelines Mutter war sichtlich erleichtert gewesen, als Adeline heimgekommen war und ihre beiden älteren Schwestern wieder zu ihren Familien abgereist waren. Und Adeline fügte sich schweren Herzens in ihr Schicksal, als einzige unverheiratete Tochter die Rolle der tröstenden Helferin zu übernehmen. Sie wünschte nur, sie hätte einmal einen Abend ganz für sich.

„Adeline!" Die Stimme klang jetzt ungeduldig, fast ein wenig ängstlich.

„Ich komme ja schon, Mutter." Adeline stand auf und eilte zur Tür. Als sie ihre Mutter sah, bekam sie sofort ein schlechtes Gewissen wegen ihrer selbstsüchtigen Gedanken. „Komm herein, Mutter, und setz dich. Soll ich uns einen Tee bringen lassen? Oder wie wäre es mit einem Glas Wein? Das ist doch genau das Richtige an diesem kühlen Herbsttag."

Der dankbare Blick ihrer Mutter war für Adeline Belohnung genug. Im Augenblick war es erst einmal wichtig, dass sie für ihre Mutter da war. Der Winter stand vor der Tür, und es würde eine schwere Zeit für die alternde, einsame Frau werden. Da war es gut, wenn Adeline bei ihr war, die langen Abende gemeinsam mit ihr verbrachte und sie in Zeiten der Traurigkeit unterstützte. Aber was würde sein, wenn die erste Trauer überstanden war? Wenn wieder der Alltag in Hellebæk einzog? Auf diese Fragen wusste Adeline keine Antwort, und sie hatte das Gefühl, dass sie sich in Geduld üben musste.

Langsam füllte der Saal sich. Adeline hatte ganz hinten in einer Ecke des Raumes Platz genommen und beobachtete die bunte Schar der Gäste, die sich um die kleinen Tische versammelte. Vorne befand sich das Podium mit einem Rednerpult. Das Haus in der Wilhelmstraße, in der sich neben den wichtigsten Ministerien auch einige bekannte Salons befanden, war vom Berliner Architektenverein gekauft und zu einem beliebten Ort für die Teeabende der Missionsgesellschaften geworden.

Anders als in den Salons der adligen Gesellschaft, in denen schon lange kein Tee mehr serviert wurde und das einfache Gebäck deutlich aufwendigeren Leckerbissen gewichen war, bildete das heiße Getränk hier tatsächlich noch den kulinarischen Hauptteil eines Teeabends.

An diesem Abend sollte der Bremer Pastor Otto Funcke sprechen, der seit einigen Jahren für die Innere Mission tätig war. Adeline hatte schon von ihm gehört und auch eines seiner Bücher gelesen, das durch eine lebendige Sprache bestach. Sie hätte selbst nicht genau sagen können warum: Als sie gehört hatte, der Pastor werde an diesem Abend den Vortrag halten, hatte sie den Drang verspürt, eine Einladung zu einem Konzert auszuschlagen und stattdessen an dieser Missionsveranstaltung teilzunehmen. Vielleicht war es das tragische Schicksal des Mannes, das sie neugierig machte, denn er hatte zweimal nur wenige Monate nach der Hochzeit seine Frau verloren und dazu auch noch zwei Kinder in jungen Jahren begraben. Oder es lag daran, dass ihr die üblichen Gespräche über Literatur, Kunst und Musik in den feinen Salons zunehmend leer und sinnlos erschienen. Jedenfalls war Adeline gespannt, was Pastor Funcke zu sagen hatte.

Wenig später lauschte sie gebannt den Worten des Predigers, der sich als kluger und fesselnder Redner erwies. Funcke berichtete anschaulich von seiner Arbeit und forderte seine Zuhörer auf, sich selbst ebenfalls in der Mission zu engagieren. „Jeder kann einen Beitrag dazu leisten, dass Menschen zu Christus finden“, betonte er am Ende seines Vortrags noch einmal. „Ob arm oder reich, ob Mann oder Frau – jeder von uns hat Gaben, die er im Weinberg des Herrn einbringen kann. Und darum bitte ich Sie: Lassen Sie sich von Gott gebrauchen und helfen Sie dabei, sein Wort bis ans Ende der Erde zu bringen, wie es schon den Aposteln aufgetragen war." Funcke blickte eindringlich in die Mienen der Anwesenden und schloss dann mit den Worten: „Es gibt so viele Menschen da draußen, die Gottes Liebe brauchen. Menschen, die nichts haben, die im Elend leben und Not leiden – leibliche Not, aber auch Seelennot. Verschließen Sie Ihr Herz nicht, sondern helfen Sie uns, diese Menschen zu erreichen und ihr Elend zu lindern. Ich danke Ihnen."

Heftiger Applaus brandete auf, und viele der Zuhörer nickten zustimmend. Doch Adeline saß reglos da. Ihre Gedanken überschlugen sich und sie spürte, wie ihr Puls raste. Das war es! Dies war der Anstoß, auf den sie gewartet hatte. Was sie bei ihrer Arbeit mit den Gefangenen in Moabit oder den Familien in den Armensiedlungen oder im Krankenhaus bereits gespürt hatte, wurde ihr jetzt schlagartig klar. Alle diese Menschen brauchten ganz praktische Hilfe. Aber sie brauchten noch mehr als das. Sie brauchten Liebe – die Zuwendung anderer Menschen und vor allem Gottes Liebe. Sie waren nicht nur in Not geratene Bürger des Kaiserreiches oder Opfer unglücklicher Umstände, sondern sie waren Gottes Kinder, die sich verirrt hatten und nicht zu ihrem himmlischen Vater zurückfanden.

Wie benommen erhob sich Adeline und bahnte sich einen Weg nach vorne zum Podium, wo eine Menschentraube den Redner umringte. Sie wollte mehr wissen. Mehr über die Missionsarbeit des Pastors, mehr aber auch darüber, was sie selbst tun konnte. Ihr Entschluss stand fest, und ein tiefes Glücksgefühl durchströmte sie bei diesem Gedanken: Sie würde ihr Leben der Aufgabe widmen, Menschen die frohe Botschaft von der Liebe Gottes zu bringen. Sie wusste noch nicht, wohin dieser Entschluss sie führen würde, aber nach all den Jahren voller Fragen und Zweifel spürte sie jetzt eine Gewissheit, dass Gott ihr den richtigen Weg zeigen würde.

Als sie endlich zu Otto Funcke durchgedrungen war, nahm sie einfach seine Hände und drückte sie fest. „Danke", flüsterte sie nur, weil sie ihre Gedanken, ihre Freude und ihre neue Gewissheit nicht in Worte fassen konnte. „Danke."

Auf dem Weg zum Berliner Schloss ließ Adeline die vergangenen Wochen noch einmal Revue passieren. Das Weihnachtsfest war eine traurige Angelegenheit gewesen, und sie und ihre Geschwister, die mit ihren Familien zum Fest angereist waren, hatten viel geweint, aber auch schöne Erinnerungen an den Vater miteinander geteilt. Als sie sich nach den Feiertagen getrennt hatten, waren sie alle gefasster gewesen und konnten wieder fröhlicher in die Zukunft blicken. Und nachdem die alte Gräfin sich inzwischen in ihre veränderte Situation eingefunden hatte, kam es seltener zu Zusammenstößen zwischen ihr und ihrer Tochter. Außerdem hatte Adelaide von Schimmelmann wieder angefangen, Freundinnen zu besuchen und am gesellschaftlichen Leben der Stadt teilzunehmen. Als die Kaiserin Ende Januar eine Depesche geschickt hatte, in der sie die Anwesenheit ihrer Hofdame im kaiserlichen Schloss wünschte, war Adeline mit gutem Gewissen abgereist.

Adeline lehnte sich in der Kutsche zurück und schloss die Augen. Da sie von jetzt an zu Hause nicht mehr so dringend gebraucht wurde, konnte sie sich Gedanken über ihre eigene Zukunft machen. In den nächsten Monaten würde sie ihren Dienst bei Hofe erfüllen müssen, aber anschließend wollte sie eine Reise unternehmen, um in Ruhe darüber nachzudenken, wie sie ihren neu gefassten Entschluss in die Tat umsetzen konnte. Sie war jetzt sicher, dass Gott sie dazu berufen hatte, den Armen seine Liebe näherzubringen, und sie würde einen Weg finden.

„Gräfin?"

Adeline war so in Gedanken gewesen, dass sie gar nicht bemerkt hatte, wie die Kutsche angehalten und der Bedienstete den Verschlag geöffnet hatte. Sie richtete sich auf und zog eilig ihre Handschuhe an, die sie im Wagen abgestreift hatte. Dann nickte sie dem Diener freundlich zu und ließ sich von ihm aus der Kutsche helfen. Als sie die Stufen der Marmortreppe zu ihren Zimmern hinaufstieg, wie sie es schon unzählige Male getan hatte, fühlte es sich plötzlich anders an, irgendwie neu und ungewohnt. Es musste daran liegen, dass sie von nun an ein Ziel in ihrem Leben hatte – etwas, dem sie sich ganz und gar verschreiben wollte – und die feste Gewissheit, dass Gott zu ihr gesprochen hatte. Jetzt, wo sie einen Blick auf sein Reich erhascht hatte, auf das Reich Gottes, das in den Herzen der Menschen begann, nahm sie das irdische Reich des Kaisers und die glitzernde Welt bei Hofe plötzlich anders wahr.

Adeline lächelte, als sie in ihrem Schlafzimmer den Blick über ihr Hab und Gut schweifen ließ. Nicht, dass sie die Schönheit der Dinge, die sie umgaben, nicht zu schätzen gewusst hätte. Aber die zarten, kostbaren Stoffe ihrer Kleider, der schwere Samt der Polstermöbel und das glänzende dunkle Holz der mit Intarsien versehenen Möbel waren mit einem Mal nur noch Äußerlichkeiten – schön anzusehen, aber lediglich von materiellem Wert. Seit diesem Abend war das, was sie schon länger gespürt hatte, zur Gewissheit geworden, und das ließ eine tiefe Dankbarkeit in ihr aufsteigen.

„Guten Abend, Gräfin von Schimmelmann", ertönte eine Stimme hinter ihr. Die junge Zofe, die ihr seit einigen Monaten im Berliner Schloss diente und ihr bei Adelines Aufenthalten bei Hofe zur Seite stand, war aus ihrer Kammer gekommen, um der Hofdame beim Auskleiden zu helfen. „Kann ich Ihnen den Mantel abnehmen?"

Adeline streifte das Kleidungsstück von den Schultern. „Danke, Elsbeth." Sie zog die Handschuhe aus und wollte sich gerade an ihren Schreibtisch setzen, doch dann hielt sie inne und wandte sich wieder zu dem Mädchen um. „Sag mal, Elsbeth, was hältst du davon, mich auf eine Reise zu begleiten?"

„Auf eine Reise? Wohin wollen Sie denn reisen, Gräfin?"

„Das weiß ich noch nicht – irgendwohin, wo es viel frische Luft gibt und ich mir den Wind um die Nase wehen lassen kann." Sie lächelte wehmütig. „Wenn ich in Berlin bin, vermisse ich meine dänische Heimat manchmal sehr." Dann hellte sich ihre Miene wieder auf. „Woher kommst du eigentlich? Wo bist du aufgewachsen?"

„Meine Eltern leben in Stralsund, an der Ostsee."

Adeline überlegte einen Augenblick. „Das ist in der Nähe der Insel Rügen, nicht wahr? Ich habe gehört, dass es dort hübsche Pensionen gibt."

Elsbeths Augen leuchteten. „Das stimmt, Gräfin. Es kommen immer mehr Kurgäste auf die Insel."

Adeline nickte zufrieden. „Gut, dann ist es beschlossene Sache. Ich werde mit Ihrer Majestät sprechen, ob sie uns im Sommer eine Weile entbehren kann." Sie ging an ihren Schreibtisch und holte ihr Tagebuch heraus. „Du kannst jetzt schlafen gehen – ich komme schon allein zurecht." Ihr Kopf war so voller neuer, aufregender Gedanken, dass sie allein sein wollte.

„Sind Sie sicher, dass ich Ihnen nicht beim Auskleiden helfen soll?"

„Ganz sicher. Geh nur."

„Danke, Gräfin – und gute Nacht."

Nachdem das Mädchen leise die Tür hinter sich geschlossen hatte, sank Adeline auf den Stuhl vor ihrem zierlichen Damenschreibtisch und griff zu dem Federhalter, der in der Marmorschale lag. Sie schlug ihr Tagebuch auf und begann zu schreiben.

Das Feuer im Kamin war heruntergebrannt und es war kalt im Zimmer, als Adeline den letzten Satz schrieb, aber sie bemerkte es gar nicht. *Heute versprach ich meinem Heiland, dass, wenn ich durch eine Lebenszeit von Mühe und Arbeit auch nur einer Seele den Weg zu Ihm zeigen dürfe, ich mich reich nennen würde und freudig um diesen Preis mein Leben einsetzen werde!*

In dem niedrigen Bauernhaus wurde es allmählich dunkel. Jetzt im März waren die Tage zwar schon deutlich länger, aber durch die kleinen, fast blinden Fensterscheiben fiel selbst an sonnigen Tagen nur wenig Licht in die Diele. Die Frau, die über den großen Bottich gebeugt stand, richtete sich langsam auf, eine Hand in den schmerzenden Rücken gelegt. Als aus der Kammer ein Wimmern drang, das mit jeder Sekunde lauter und drängender wurde, seufzte sie und legte den großen Holzlöffel ab, mit dem sie die gesalzenen Heringe umgerührt hatte. Der Kleine hatte Hunger.

„Mama?" Ein fünfjähriges Mädchen erschien in der Tür. „Emil weint."

„Ich weiß, mein Schatz. Ich gebe ihm gleich etwas – der letzte Kübel Heringe ist jetzt eingelegt. Bist du so lieb und wiegst ihn ein bisschen, bis ich so weit bin?"

Das Mädchen nickte stumm.

„Und dir mache ich danach etwas zu essen, Lieschen." Die Kleine verschwand wieder in der Kammer, in der das Weinen jetzt zu einem fordernden Gebrüll angeschwollen war.

Annegret Lüder biss sich auf die Lippen. Kein Wunder, dass der Säugling ständig weinte. Oft hatte sie nicht genug Milch für ihn, sodass er nicht satt wurde. Auch die anderen Kinder bekamen keine üppigen Mahlzeiten, aber sie waren kräftig und konnten die kargen Wintermonate, in denen der Fischfang nicht viel einbrachte, aushalten. Doch Emil war zart und kränklich, und Annegret hoffte inständig, dass er die letzten Wintertage überstehen würde. Wenn nur kein Typhus ausbrach!

Ihr Blick wanderte zum Fenster hinaus. Draußen war der Himmel jetzt beinahe schwarz, und Franz war noch nicht zurück. Sie hatte die Rufe der Fischer unten am Strand gehört und wusste, dass einige der einfachen Kutter an Land gegangen waren. Ewald, ihr Ältester, wartete am Ufer darauf, dass sein Vater heimkam und er ihm helfen konnte, die Netze einzuziehen.

Zum Glück hatten sie gestern einen guten Fang gehabt, und so hatten sie für sich selbst genug Fisch und konnten auch noch etwas von den gesalzenen Heringen verkaufen. Bald würden auch die Plötzen und Barsche wieder ins Netz gehen, dann würde sich die Lage ein wenig entspannen. Und auch das erste Gemüse aus dem Garten konnte bald geerntet werden.

Ein lautes Poltern ließ Annegret zusammenzucken. Die große, schwere Tür der Kate wurde aufgerissen und fiel dann krachend wieder zu. Ein untersetzter, aber stämmiger Mann in Öljacke wankte in die Diele. „Wann gibt es was zu essen, Anne? Ich habe Hunger!" Er ließ sich mit solcher Wucht auf seinen Stuhl in der Diele fallen, dass dieser bedrohlich ächzte. Der dreizehnjährige Ewald, der sich hinter seinem Vater ins Haus geschlichen hatte, hielt sich ängstlich im Hintergrund.

Ein Blick genügte, und Annegret wusste, warum Franz erst nach Einbruch der Dunkelheit den Weg nach Hause gefunden hatte. Es machte sie wütend, wenn sie sah, wie er seinen kargen Lohn mit den anderen Männern in eines der Göhrener Wirtshäuser trug. Aber wenigstens kam er noch nach Hause. Und er war kein Faulpelz, und er schlug sie und die Kinder nicht. Das war mehr, als so manche Fischersfrau von ihrem Mann sagen konnte. Auch wenn Franz manchmal betrunken heimkam, wusste Annegret doch, dass es schlimmer sein könnte. Sie hatten ein festes Dach über dem Kopf und einen kleinen Garten, und sie hatten einander.

„Ewald, sei so gut und hol das Brot und den Teller mit den Plinsen aus der Küche. Dann kannst du alles in die Stube bringen, wir essen gleich." Sie hatte die kleinen, pfannkuchenartigen Plätzchen aus Heringsrogen, Milch und Eiern gleich gestern zubereitet, als Franz mit dem Fang nach Hause gekommen war. Die Eier hatte sie für ein Hemd erhalten, das sie an den vergangenen Abenden für eine befreundete Familie genäht hatte.

Später an diesem Abend, als Franz laut schnarchend im Bett lag und auch der kleine Emil endlich eingeschlafen war, lag Annegret noch wach und starrte zur Decke ihrer Kammer hinauf. Das

Leben an der Küste war hart. Es war ein Leben voller Gefahren und oft in bitterer Armut. Aber sie dankte Gott für jeden Tag, an dem ihr Mann lebend heimkam und ihre Kinder genug zu essen hatten.

Der Wind war unerwartet kühl, als Adeline einige Monate später mit ihrem Dienstmädchen den Bahnhof von Stralsund verließ und auf den Gehweg hinaustrat. Hier war sie froh über den dünnen Mantel, der ihr im drückenden Klima der Hauptstadt beinahe zu warm erschienen war, hier jedoch nur den nötigsten Schutz bot. Sie schlug den Kragen hoch und senkte den Kopf ein wenig, um ihr Gesicht vor einer heftigen Böe zu schützen.

Trotz der Kühle war es ein gutes Gefühl, wieder am Meer zu sein. Die Luft roch salzig und klar, und in den Pfützen, die von einem Regenschauer übrig geblieben waren, spiegelte sich ein strahlend blauer Himmel. Adeline atmete tief durch und sah sich um. Menschen mit Koffern und Taschen hasteten über den Bahnsteig, und auf der gegenüberliegenden Straßenseite ertönte die Stimme des Beamten, der die gerade vorgefahrene Postkutsche auslud. Adeline drehte sich lächelnd zu Elsbeth um.

„Und, wie fühlt es sich an, wieder zu Hause zu sein?“

Die Wangen ihrer Zofe leuchteten rosig, und Adeline fiel auf, wie viel fröhlicher und natürlicher das Mädchen hier in ihrer gewohnten Umgebung wirkte. Vielleicht war die Stellung bei Hofe weniger ihr eigener Wunsch gewesen als vielmehr eine gesellschaftliche Gelegenheit, die eine junge Frau aus bürgerlichen Verhältnissen sich nicht entgehen lassen durfte. Jetzt strahlte sie Adeline jedoch an. „Ich bin ja so froh, dass ich mit Ihnen hierher fahren durfte!“ Und dann entfuhr ihr ein kleiner Aufschrei. „Sehen Sie nur! Da drüben! Das ist mein Bruder Wilhelm.“

Adeline blickte in die Richtung, in die Elsbeth zeigte. Ein junger Mann kam aus einer Seitenstraße herbeigeeilt. Als er kurz darauf vor den beiden Neuankömmlingen stand, zog er schnell seine Mütze vom Kopf und verbeugte sich. „Eure Hoheit?"

Adeline lachte. „Guten Tag, Herr Burmeister. Gräfin reicht völlig – ich mache mir nicht viel aus förmlichen Anreden. Davon gibt es bei Hofe genug."

Der junge Mann errötete und nickte nur. Dann lächelte er seiner Schwester zu. „Mutter ist schon ganz aufgeregt, dass du nach Hause kommst."

„Ich kann aber nicht lange bleiben, die Gräfin braucht mich doch." Adeline hatte darauf bestanden, dass Elsbeth zuerst ihre Eltern besuchte und später in der Pension in Thiessow zu ihr stieß.

„Ich komme schon zurecht, mein Kind. Es reicht, wenn du am Montagmorgen mit der Postkutsche nachkommst, dann kannst du das ganze Wochenende zu Hause verbringen."

Elsbeth machte einen Knicks und sah Adeline dankbar an. Dann gab sie ihrem Bruder die Gobelintasche, die ihr ganzes Gepäck darstellte, und die beiden verabschiedeten sich.

Nachdem Adeline allein zurückgeblieben war, überlegte sie, was sie mit den zwei Stunden anfangen sollte, die ihr noch bis zur Abfahrt der Postkutsche blieben. Ihr Blick wanderte zu einem Kirchturm mit barocker Haube, der unweit vom Bahnhof zwischen den Häusern aufragte, und sie beschloss, einen Spaziergang durch die Stralsunder Innenstadt zu machen. Da sie ihr Gepäck vorab mit der Post geschickt hatte, trug sie nur eine Handtasche bei sich, und für die Fahrt hatte sie feste Schuhe angezogen. Einem kleinen Erkundungsgang stand also nichts im Wege.

Ihr Weg führte sie zuerst über einen Damm, neben dem sich rechts und links je ein großer Teich erstreckte. Ein Stück weiter die Straße hinunter kam sie an eine Kreuzung und folgte der in einem Bogen verlaufenden Straße zu ihrer Rechten, bis sie vor der großen Backsteinkirche stand, die sie vom Bahnhof aus gesehen hatte. Adeline ging die Stufen zum Eingang hinauf und zog an der schweren Tür, die sich mit einem leisen Quietschen öffnete. Im Innern des gotischen Gebäudes mit seinen weißen Pfeilern und der hohen Gewölbedecke roch es nach Kerzenwachs. Den Boden im Mittelgang hatten Generationen von Gläubigen mit ihren Schuhen glattpoliert. In den Lichtstrahlen, die durch die Fenster fielen, tanzte der Staub, und eine heilige Stille lag über dem Kirchenraum.

Adelines Schritte hallten in dieser Atmosphäre wider, als sie zu einer Kirchenbank ging und auf dem dunklen Holz Platz nahm. Der Raum umfing sie in seiner schlichten Schönheit wie die Liebe des Gottes, über die sie immer wieder neu staunen konnte. In den vergangenen Monaten war ihr Glaube tiefer, reifer geworden, und statt der Unruhe, die sie so lange empfunden hatte, wenn sie in die Zukunft blickte, erfüllte sie jetzt ein Gefühl des Friedens. Sie würde ihren Weg finden, das wusste sie. Und sie war gespannt, was Gott mit ihr vorhatte.

Als sie die Kirche verließ, schritt sie zügig aus, und schon bald wurde ihr so warm, dass sie das Tuch um ihren Hals lockerte. Eine Stunde später hatte sie ihren Rundgang an den Patrizierhäusern vorbei und über den alten Markt beendet, und der Bahnhof lag wieder vor ihr. Die Postkutsche stand zur Abfahrt bereit, und Adeline ließ sich dankbar auf dem Ledersitz im Inneren nieder.

Die Reise zu dem ruhigen Ferienort an Rügens Südspitze, den sie zu ihrer Erholung ausgewählt hatte, würde sie zunächst mit der Fähre auf die Insel und vom Anleger in Altefähr weiter nach Putbus und Göhren führen. Dort sollte ein Wagen sie abholen und weiter nach Thiessow bringen. Adeline lehnte sich zurück und genoss die Fahrt, auch wenn sie bei jeder Unebenheit des Weges die hölzerne Bank unter dem durchgesessenen Lederpolster spürte. Nach der Reise in einem eleganten Abteil der Eisenbahn, die sie an die Küste gebracht hatte, bot das Gepolter auf der schmalen Straße einen besonders deutlichen Kontrast. Adeline war selbst überrascht, wie wenig ihr die Unbequemlichkeit ausmachte. Ob es daran lag, dass sie ein geringes Opfer war im Gegenzug für die Freiheit, die ihr hier mit dem kalten Ostwind entgegenwehte?

In den letzten Wochen hatte sie sich innerlich immer weiter von ihrer Rolle bei Hofe entfernt, auch wenn sie nach wie vor ihre Pflichten als Hofdame der Kaiserin wahrnahm. Sie verehrte die inzwischen körperlich sehr geschwächte Augusta ebenso sehr wie früher. Aber ihr eigener Horizont hatte sich geweitet, wie es schien, sodass sie Dinge bemerkte, die ihr früher nie aufgefallen waren. Zum Beispiel sog sie die frische Seeluft gierig in sich auf, die so anders war als die staubige, stickige Luft in der Hauptstadt. Das Grün der Wälder aus hohen Föhren und alten Buchen schien ihr kräftiger zu leuchten als die seidigen Ballkleider der jungen Damen im Berliner Schloss. Und das einfache Brot mit Schinken, das sie in einer Gaststätte auf dem Weg zusammen mit einem Krug Bier als Mittagessen zu sich genommen hatte, war ein größerer Genuss gewesen als manche feine Pastete oder die kunstvoll verzierten Petit Fours, die bei Hofe zum Tee gereicht wurden.

Sie musste eingenickt sein, denn als die Kutsche mit einem unsanften Ruck hielt und der Mann auf dem Kutschbock den letzten Halt ausrief, fuhr Adeline hoch.

„Göhren, Endstation! Alle Fahrgäste aussteigen!"

Der Schlag der Kutsche öffnete sich, und Adeline blinzelte in die jetzt tief am Himmel stehende Sonne. Der Salzgeruch des Meeres war hier stärker als in Stralsund, aber der Wind hatte etwas nachgelassen. Von ihrer Haltestelle vor dem Hotel Wendt in der Friedrichstraße aus konnte man das Wasser nicht sehen, aber wenn man genau hinhörte, war ein leises, an- und abschwellendes Rauschen zu vernehmen.

Die Gräfin stieg aus der Postkutsche und streckte ihre steifen Glieder. Die lange Fahrt hatte sie doch mehr ermüdet, als sie gedacht hatte, und sie wünschte, sie könnte in dem Hotel absteigen, vor dem sie stand. Doch sie würde noch etwa eine Stunde weiterfahren müssen, sobald der Wagen aus Thiessow eingetroffen war.

Zunächst betrat sie aber das Hotel und wandte sich an die Dame, die ihr zur Begrüßung entgegentrat.

„Guten Tag. Mein Name ist Adeline Gräfin von Schimmelmann. Für mich ist ein Wagen bestellt, der mich weiter nach Thiessow bringen soll."

„Ach, du liebe Güte! Es tut mir leid, gnädige Frau, den Wagen haben wir wieder zurückgeschickt. Ihr Gepäck wurde hier abgegeben, und da dachten wir, dass Sie hier in Göhren bleiben wollen." Die Frau sprach mit einem etwas schwerfälligen, aber nicht unangenehmen norddeutschen Tonfall, und die Tatsache, dass sie dem adeligen Gast eine schlechte Nachricht überbringen musste, war ihr sichtlich unangenehm. „Das tut mir wirklich leid. Ich könnte meinen Neffen bitten, Sie zu fahren, er hat einen Wagen. Aber ich weiß nicht, wann er von der Arbeit zurückkommt, und für eine Dame wie Sie wäre sein alter Karren eine furchtbare Zumutung."

„Machen Sie sich keine Mühe, meine Liebe." Adeline lächelte der Hausdame beruhigend zu. „Wenn meine Koffer hier sind, bleibe ich heute Nacht einfach ebenfalls hier."

„Das ist zu gütig, Gräfin. Es ist eine Ehre für uns, wenn Sie bleiben. Und verzeihen Sie bitte das Missverständnis."

Adeline schüttelte den Kopf. „Wirklich, Sie brauchen sich keine Gedanken zu machen. Ihr Haus macht einen guten Eindruck, und ich bin so müde, dass es mir überhaupt nichts ausmacht, nicht noch weiterzureisen. Wenn Sie mir mein Zimmer zeigen wollen?"

Eine Stunde später hatte Adeline sich frisch gemacht, ihre Sachen ausgepackt und ein wärmendes Wolltuch um ihre Schultern gelegt. Sie wollte noch einen Spaziergang zum Südstrand hinunter machen, um sich die Beine zu vertreten, bevor sie sich ihre wohlverdiente Nachtruhe gönnte.

Sie verließ das Hotel und wandte sich nach rechts. Dann ging sie mit raschen Schritten die Straße hinunter, die in einem Bogen in Richtung Ufer verlief. Es dauerte keine zehn Minuten, bis sie am Horizont das Meer sah, das in der Abendsonne glitzerte. Adeline atmete so tief ein, dass sie die frische, kühle Luft bis in die

Lungenspitzen spürte, und ließ den Blick über die niedrigen, mit Reet gedeckten Behausungen zu ihrer Rechten und Linken wandern. Einige der größeren Häuser hatten kleine, aber ordentlich gepflegte Vorgärten, in denen die Besitzer Gemüsebeete angelegt hatten. Ein paar Meter weiter standen drei Kinder an einem baufälligen Zaun und starrten die Gräfin wortlos an. Sie mochten zwischen drei und sieben Jahren alt sein. Die beiden älteren Kinder trugen Kleidung in einer undefinierbaren gräulichen Farbe, die ihnen zu kurz war und Löcher hatte. Das jüngste Mädchen trug nur eine Unterhose. Adeline nickte den Kindern, die offensichtlich Geschwister waren, freundlich zu, während sie ihren Weg fortsetzte.

Ein Stück weiter mündete der Schotterweg in einen Lehmpfad, der weiter zum Meer hinunterführte. Das Rauschen des Wassers war jetzt lauter zu hören und pulsierte in einem gleichmäßigen Rhythmus, wenn die Wellen ans Ufer schlugen. Als Adeline am Strand angekommen war, warf die Sonne gerade ihre letzten wärmenden Strahlen auf das Wasser und ließ die Wogen aufblitzen. Es war ein wunderbarer Anblick. Das Schönste an diesem Ort war jedoch der feine, beinahe rein weiße Sand unter ihren Füßen, der seidig schimmerte. Adeline ließ ihren Blick über die kleine Bucht wandern, über einige Kutter, die ein Stück entfernt am Ufer lagen, und über die glitzernden Wellen. Dankbarkeit erfüllte ihr Herz. Kein Wunder, dass die Menschen aus den großen Städten flohen und hier Erholung suchten. Die Küste mit ihren rauen Felsen und das weite Meer strahlten eine Ruhe aus, die Balsam für die Seele war.

Sie wollte sich gerade wieder abwenden, als sie plötzlich erhobene Stimmen vernahm. Sie kamen von einem der einfachen Fischerboote, und Adeline sah neugierig zu dem Kutter hinüber. Als sie genauer hinschaute, konnte sie zwei Männer erkennen, die miteinander stritten. Ihre Stimmen wurden von der Meeresbrise zu ihr herübergeweht, aber sie konnte nicht verstehen, was die beiden sagten. Einer der Männer torkelte, als hätte er etwas getrunken, und als der andere ihm einen Stoß gegen die Brust versetzte, stürzte er. Ein wütender, lauter Wortschwall ertönte, dann rappelte der Mann sich wieder auf und holte zum Gegenschlag aus. Inzwischen hatten sich einige weitere Fischer – denn das waren die Männer ganz offensichtlich – um sie geschart. Hier und da erklang ein Johlen. Konnte es sein, dass die Umstehenden die beiden Streithähne noch anfeuerten?

Adeline zögerte, unsicher, was sie tun sollte. Ihre ganze Erziehung und ihre gesellschaftliche Stellung sagten ihr, dass sie so schnell wie möglich gehen sollte. Sie war eine feine Dame, eine Adelige, die sich mit diesem rohen Gesindel nicht abzugeben hatte. Und nicht nur der Anstand hielt sie zurück. Wenn die Männer betrunken waren, konnte es auch gefährlich für sie werden. Als schutzlose Frau begab sie sich besser nicht in die Nähe dieser rauen Genossen.

Ein neuerlicher Aufschrei ließ sie aufhorchen. Diesmal war es eine weibliche Stimme, und gleich darauf sah Adeline, wie die Frau, der die Stimme gehörte, auf den Kutter zulief, zwei kleine Kinder an der Hand. Eines der Kinder weinte. Als die Mutter, deren Alter Adeline nur schwer schätzen konnte, bei den Männern angekommen war, trat einer der Umstehenden drohend auf sie zu und zog sie am Kleid zurück. Die Frau riss sich los und rannte zu dem Betrunkenen, der jetzt wieder am Boden lag. Ein anderer, stämmiger Fischer drängte sich vor und versetzte der Frau einen Stoß. Das kleinere der beiden Kinder setzte sich auf den Boden und heulte noch lauter.

Plötzlich wusste Adeline, was sie zu tun hatte. Sie hob ihren Rock mit beiden Händen an und lief auf die Gruppe der Fischer zu. In dem weichen Sand hatte sie Mühe, rasch voranzukommen, aber sie war entschlossen, nicht wegzusehen, wenn eine wehrlose Frau und ihre Kinder angegriffen wurden. Was die Männer taten, war eine Sache, aber sie würde nicht zulassen, dass Mutter und Kinder zu Schaden kamen, nur weil die groben Kerle zu viel getrunken hatten.

„Halt! Lassen Sie die Frau in Ruhe!" Die Männer um das Fischerboot waren so in die Geschehnisse vertieft gewesen, dass sie Adeline nicht hatten kommen sehen. Jetzt drehten sie sich verblüfft um und ließen die Fäuste sinken, während sie die groß gewachsene Gräfin anstarrten. Sicher hatten sie nicht erwartet, dass eine Dame von so hohem gesellschaftlichem Stand und in einem feinen Kleid sich in ihre Angelegenheiten einmischte. Normalerweise hielten die Touristen sich von den rauen Seeleuten fern.

Beinahe hätte Adeline gelacht, so verdattert und kleinlaut wirkten die kräftigen Fischer jetzt. Aber sie war zu aufgebracht, um sich über die absurde Seite dieser Szene zu amüsieren. „Schämen Sie sich denn gar nicht?" Adeline stemmte die Hände in die Hüften und blickte in die Runde. „Wie können Sie eine wehrlose Frau schlagen, dazu noch eine Mutter mit kleinen Kindern?"

„Äh, wir wollten nur …", begann einer der Männer.

„Also, der Martin …", wurde er von einem zweiten unterbrochen, und ein dritter Mann schaltete sich ein, nachdem er sich geräuspert hatte. „Entschuldigen Sie bitte", sagte er und fügte hinzu: „Sie sind eine feine Dame und unsere rauen Sitten nicht gewohnt, aber das hier hat nichts zu bedeuten." Er schien eine Art Anführer unter den Männern zu sein, denn die anderen gingen zur Seite, um ihn vortreten zu lassen. „Was können wir für Sie tun?", fragte er in dem Bemühen, höflich zu sein.

Adeline musterte den eher schmächtigen Mann. Er war wortgewandt und hatte Manieren, obwohl er ein einfacher, ungebildeter Fischer war. „Wie heißen Sie?"

„Hansen, gnädige Frau." Er verbeugte sich leicht. Adeline fiel auf, dass er im Gegensatz zu den beiden Raufbolden und den meisten Zuschauern nicht nach Schnaps roch.

„Mein Name ist Adeline von Schimmelmann." Sie verschwieg ihren Titel, weil sie nicht noch mehr Distanz zwischen sich und die versammelte Menschentraube bringen wollte. „Und mir liegt das Wohl dieser Frau und ihrer Kinder am Herzen." Sie sah Hansen prüfend an. „Können Sie dafür bürgen, dass ihnen nichts geschieht?"

Hansen nickte, während einige der umstehenden Männer zu Boden blickten und mit den Füßen im Sand scharrten. „Ja, gnädige Frau, ich werde dafür sorgen, dass die Jungs hier nach Hause gehen und ihren Rausch ausschlafen."

Adeline nickte. „Gut." Dann wandte sie sich an die Frau, die schützend die Arme um ihre Kinder gelegt hatte. „Geht es Ihnen gut? Ist alles in Ordnung?"

Die Frau antwortete nicht. Sie blickte zu Boden, die Lippen zusammengepresst, und wischte sich eine Träne von der Wange. Offenbar war sie froh über das Einschreiten der fremden Dame. Zugleich schien es ihr aber auch unangenehm zu sein.

„Was ist denn? Kann ich Ihnen irgendwie helfen?" Die Kinder starrten Adeline neugierig an. Ihr selbstbewusstes Auftreten, ihre vornehme Sprache und die feine Kleidung machten sie an diesem Ort zu einer Exotin, das wurde ihr mit einem Mal klar. Adeline ging in die Hocke, damit die Kleinen ihre Scheu verloren, und blickte freundlich lächelnd zu der zierlichen Frau auf. „Sagen Sie mir, was ich für Sie tun kann."

„Ach, Sie können doch auch nichts dagegen machen." Die Frau schniefte.

„Wogegen?"

„Dass die Männer ihr ganzes Geld in die Wirtschaft tragen – und wir nicht wissen, wie wir unsere Kinder satt kriegen sollen."

Diese Leute waren keine schlechten Menschen, davon war Adeline überzeugt, nur etwas raubeinig. Auch bei Hofe hatte sie gesehen, wie Menschen die Beherrschung verloren, nachdem sie zu viel getrunken hatten. Der Alkohol hatte nicht nur eine enthemmende Wirkung, wie diese Situation wieder einmal gezeigt hatte, sondern die Männer brachten mit ihrer Trunksucht großes Leid über ihre Familien. Die Kinder waren es, die am meisten unter den Auswirkungen des Alkoholismus zu leiden hatten, denn sie waren den Umständen hilflos ausgeliefert.

Adeline spürte, wie ihr bei dem Gedanken die Tränen kamen. Sie strich dem kleinen Mädchen, das aufgehört hatte zu weinen und jetzt einen Schluckauf hatte, über das ungewaschene Haar. Wenn sie dieser Familie doch helfen könnte! „Es tut mir leid", flüsterte sie. Dann stand sie auf und legte eine Hand auf den Arm der Frau. „Ich wünschte, ich könnte etwas tun."

„Gott segne Sie", murmelte die junge Mutter mit gesenktem Kopf. Dann drehte sie sich um, nahm ihre Kinder bei der Hand und ging mit schleppenden Schritten den Weg hinauf, den sie gekommen war, zurück zu den Dünen.

Adeline blickte ihr nach, und in diesem Augenblick wusste sie, dass sie nicht zufällig hier in Göhren war. Ihr Gepäck hatte den Weg zu dem ursprünglich geplanten Urlaubsort nicht gefunden, sondern war an diesem Ort auf der Halbinsel Mönchgut zurückgeblieben, weil ihr eigener Weg hierherführte, davon war sie jetzt überzeugt. Die Ereignisse des heutigen Tages waren ein Fingerzeig Gottes, dessen war sie sich sicher. Sie wusste nur noch nicht, wie der Wille des Allmächtigen genauer aussah. Was konnte sie hier schon tun?

Nachdenklich ging sie noch ein Stück am Wasser entlang und entfernte sich weiter von den Fischern, die sich allmählich zerstreuten. Die Sonne war jetzt hinter den Dünen untergegangen, und die Luft fühlte sich mit einem Mal kalt an. Vielleicht waren es aber auch das Elend und die Armut der Menschen hier, die sie frösteln ließen. Sie zog ihr Schultertuch fester um sich zusammen und wandte sich dem Ort zu. Mit raschen Schritten ging sie bergauf in Richtung Hotel, bis sie ein wenig außer Atem war. Als sie wieder an dem baufälligen Bauernhaus vorbeikam, vor dem sie auf dem Weg zum Strand die Kinder gesehen hatte, sah sie die Behausung in einem neuen Licht. Lebte hier vielleicht auch eine Familie, die kein Geld für Kleider hatte und nicht einmal genug zu essen, weil der Vater seinen spärlichen Lohn in der Wirtschaft für Bier und Schnaps ausgab? Wie viele Menschen lebten in diesem Ort in Armut und Elend?

Jetzt bemerkte Adeline auch andere Häuser, die ungepflegt und ärmlich wirkten. Bei einem Haus war das Reet auf dem Dach löchrig, ein anderes wies nur Unkraut in dem kleinen Garten auf. Andere der kleinen Katen hatten keine Fensterscheiben. Was ihr jedoch am eindrücklichsten auffiel, war die unheimliche Stille, die über der ganzen Siedlung zu liegen schien. Sie hätte erwartet, Kinderstimmen und Lachen zu hören, Frauen bei der Arbeit im Garten vorzufinden oder Menschen, die vor den Häusern standen und sich unterhielten. Aber die kleine Stadt wirkte wie ausgestorben. Wo waren Freude und Zuversicht in diesen Häusern geblieben?

Als sie mit geröteten Wangen das kleine Hotel der Familie Wendt betrat, hatte sie bereits eine erste Idee. Aber zunächst musste sie mehr über die Situation der Bewohner auf dieser Halbinsel in Erfahrung bringen. Und genau das würde sie gleich morgen tun.

Am nächsten Morgen wollte Adeline früh aufstehen und als Erste im Frühstückszimmer erscheinen. Das würde ihr die Gelegenheit geben, die Hausdame unauffällig nach dem Bürgermeister des Ortes zu fragen. Ihn wollte sie ebenso aufsuchen wie den Pfarrer, der hier auf der Halbinsel für die Seelen der Bewohner zuständig war. Die Verantwortlichen in Göhren mussten doch wissen, wie es um ihre Schäflein bestellt war.

Es war ein anstrengender Tag gewesen, und die Gräfin spürte ihre Füße kaum noch, als sie am Abend die Treppe zu ihrem Hotelzimmer hinaufstieg. Stundenlang war sie durch Göhren und am Strand entlanggelaufen, um sich vor Ort selbst ein Bild von der Situation zu machen. Der Bürgermeister, ein gewisser Herr Baumann, den sie am Morgen in seinem Büro in dem kleinen Rathaus angetroffen hatte, war zwar angesichts ihrer Fragen erstaunt gewesen, hatte aber bereitwillig zugegeben, dass ein Großteil der Rügener Bevölkerung, vor allem in den Dörfern rund um Göhren, in bitterer Armut lebte. In der Stadt selbst wurden die Fischer nicht gerne gesehen, berichtete er, weil sie im betrunkenen Zustand Schlägereien anfingen und den Touristen, die Geld in die Gegend bringen sollten, Angst machten. Die bettelnden Kinder waren für die Entwicklung der Stadt und die blühende Reisebranche, die immer mehr Kurgäste in den Ort brachte, ebenso wenig einladend.

Der Pfarrer, den sie am Nachmittag in der Kirche getroffen hatte, war ihr mit großen Vorbehalten begegnet. Offenbar fühlte er sich persönlich angegriffen, als sie auf das Elend der Fischerfamilien zu sprechen kam. Außerdem ließ er keinen Zweifel daran, was er davon hielt, dass jemand vom kaiserlichen Hof aus Berlin herkam und sich in die Angelegenheiten seiner Gemeinde einmischte – und noch dazu eine Frau. Von ihm würde nicht viel Hilfe zu erwarten sein, das spürte Adeline.

Aber sie war sich sicher, dass sie hier endlich das tun konnte, wozu sie berufen war. Mehr denn je war sie überzeugt davon, dass Gott sie hierhergeschickt hatte, um den armen Fischern und ihren Familien zu helfen. Diese Menschen brauchten etwas zu essen, sie benötigten Häuser, die Schutz vor dem Wetter boten, und ordentliche Kleidung. Vor allem aber brauchten sie Hoffnung, einen Grund, ihr Leben wieder unter Kontrolle zu bekommen. Und sie mussten die Apathie überwinden, die sie in ihren Klauen zu halten schien. Dazu mussten sie wissen, dass sie wertvoll waren – geliebt von einem Gott, der das Beste für seine Kinder will.

In ihrem Zimmer sank Adeline auf den Stuhl vor dem kleinen Schreibtisch. Sie hob die Hände, um einige Haarsträhnen festzustecken, die der Ostseewind gelöst hatte. Trotz ihrer Müdigkeit lächelte sie zufrieden. Nachdem sie die armseligen Fischerhütten am Südstrand gesehen hatte und die vielen hungrigen Kinder, hatte sie kurz entschlossen Kartoffeln und Speckschwarten gekauft und zu den Fischerfamilien bringen lassen. Die meisten

Mütter hatten das unerwartete Geschenk wortlos entgegengenommen, aber in ihren Blicken hatte sie Dankbarkeit gesehen und ein bisschen neuen Lebensmut. Wie einfach es doch war, Gutes zu tun – und wie befriedigend. Trotzdem war Adeline sich im Klaren darüber, dass diese Lebensmittel nur ein Tropfen auf den heißen Stein waren. In wenigen Tagen würden die Familien wieder hungern, würden die Männer wieder ihren kargen Lohn vertrunken haben, und die Hoffnungslosigkeit würde erneut in den ärmlichen Fischerkaten Einzug halten.

Adeline erhob sich von ihrem Stuhl und rieb sich den schmerzenden Rücken. Es gab so viel zu tun. Ob es überhaupt möglich war, das Leben dieser Fischer dauerhaft zu verändern? Sie wusste es nicht. Aber sie wollte darauf vertrauen, dass Gott sie gebrauchen würde – auch wenn sie noch nicht wusste, wie.

Ein Haus auf Rügen

Als Annegret Lüder das Hemd ihres Mannes zusammenfaltete, entdeckte sie ein neues Loch am Ärmel. Sie seufzte. Die meisten Kleidungsstücke, die sie hatten, waren vom vielen Waschen schon ganz dünn geworden und rissen leicht. Sie holte Nadel und Faden und machte sich daran, das Loch zu flicken, so gut es ging. Es war ein schwacher Trost, dass Franz nicht der einzige Fischer war, der mit einem geflickten Hemd herumlief, denn die anderen Familien hatten auch kein Geld für neue Kleider. Zum Glück war Annegret eine geschickte Näherin, und vielleicht konnte sie bis zum Sommer genug sparen, um einen Ballen Stoff zu kaufen. Dann würde sie auch für die Kinder neue Kleider nähen. Aber bis dahin mussten die Flicken genügen.

Gerade gestern erst hatte sie mit ihrer Freundin Marie gesprochen. Die Arme war ganz außer sich gewesen und weinend zu ihr gekommen, nachdem sie versucht hatte, eine Schlägerei am Strand zu beenden. Ihr Mann hatte sich wieder einmal betrunken und Streit angefangen, und selbst Hans Hansen, der unter den Männern eine Art Anführerrolle ausübte, hatte die Streithähne nicht trennen können. Die Kerle hatten sogar Marie geschlagen, als sie ihren Mann angefleht hatte, mit nach Hause zu kommen.

Und dann war ausgerechnet eine Fremde gekommen und hatte eingegriffen. Annegret konnte immer noch kaum glauben, was Marie ihr erzählt hatte. Die Frau, ganz offensichtlich eine feine Dame, hatte die Hände in die Hüften gestemmt und die Fischer ausgeschimpft wie dumme Schuljungen. Die Männer waren so verdattert gewesen, dass sie widerspruchslos gehorcht hatten und nach Hause getrottet waren.

Annegret lächelte bei dem Gedanken. Wer diese Frau wohl

war? Und warum war sie eingeschritten? Was kümmerten sie die Streitereien der Fischer?

Sie betrachtete das geflickte Hemd in ihrer Hand, bevor sie es in die Truhe in der Kammer legte. Sie musste Marie fragen, wie die Frau hieß, die sich furchtlos den betrunkenen Männern in den Weg gestellt hatte. Vielleicht konnte Annegret sie auch einmal treffen.

Sprachlos starrte Adeline auf das Schreiben in ihrer Hand. Zum dritten Mal las sie die wenigen Zeilen, die der Anwalt der Familie an sie gerichtet hatte, und erst jetzt wurde ihr bewusst, was es bedeutete. Sie schloss die Augen und ließ den Brief sinken. „Danke, Herr", flüsterte sie. Den ganzen Herbst über hatte sie Gott um einen Hinweis gebeten, was sie tun sollte, hatte hin und her überlegt, wie sie den Ostseefischern und ihren Familien helfen konnte. Und jetzt waren ihre Gebete erhört worden.

Sie öffnete die Augen und überflog noch einmal den Brief, in dem ihr mitgeteilt wurde, dass der Nachlass ihres Vaters endlich geregelt war und ihr fünftausend Goldmark aus diesem Erbe zustanden. Damit hatte sie die nötige Summe, um ihren Plan in die Tat umzusetzen, der im Laufe der vergangenen Monate Gestalt angenommen hatte. Sie würde in Göhren ein Seemannsheim errichten – einen Ort, an dem Fischer aus der ganzen Region, wenn sie nach einem langen Arbeitstag in Göhren an Land gingen, eine warme Mahlzeit erhalten sollten, wo sie in Liedern und Geschichten von Jesus hören würden und am Abend ihr müdes Haupt niederlegen konnten. Adeline war von Anfang an von ihrem Plan überzeugt gewesen, aber die Finanzierung war bislang eine unlösbare Aufgabe gewesen. Ihre Geschwister hatten Adeline gar nicht ernst genommen, als sie ihnen von ihren Plänen für eine Seemannsmission erzählt hatte. Von ihnen konnte sie keine

Hilfe erwarten. Aber jetzt war sie finanziell unabhängig, und das hatte sie ihrem Vater zu verdanken. Schon zu Lebzeiten war er für Adeline ein Fels in der Brandung gewesen, hatte er sich um sie gesorgt und ihr Bestes gewollt, und nun ermöglichte er ihr über seinen Tod hinaus, ihrer Berufung zu folgen. Ihr Herz war so voller Dankbarkeit und Freude, dass es Adeline vorkam, als müsste sie platzen. Ein schöneres Weihnachtsgeschenk hätte sie sich nicht träumen lassen.

Mit dem Brief in der Hand lief Adeline die Treppe hinunter und in den Salon, in dem ihre Mutter zu dieser morgendlichen Stunde meist anzutreffen war. Wie erwartet saß die vierundsechzigjährige Gräfin in ihrem Sessel, ein Buch auf dem Schoß. Sie las jedoch nicht, sondern hatte die Augen geschlossen und atmete tief.

Es tat Adeline leid, dass sie den Schlaf der alten Dame störte, aber sie musste ihr einfach von den guten Neuigkeiten erzählen. „Mutter?“, sagte sie leise und berührte sie an der Schulter.

Die Gräfin schlug die Augen auf und lächelte schwach. „Ach, Adeline, du bist es. Ist es schon Zeit für das Mittagessen?“

„Nein, Mutter, es ist erst elf Uhr. Aber ich muss dir unbedingt etwas erzählen. Vater hat mir Geld vererbt! Ich bekomme fünftausend Goldmark! Ist das nicht wundervoll?“

Ihre Mutter sah sie verständnislos an. „Aber wozu brauchst du denn so viel Geld, Mädchen? Du hast doch dein Auskommen bei Hofe. Und hier zu Hause fehlt es dir auch an nichts.“

„Natürlich habe ich alles, was ich brauche. Aber das Geld brauche ich ja auch nicht für mich. Weißt du noch, als ich im letzten Sommer auf Rügen war? Ich habe dir doch von den armen Fischern und ihren Familien erzählt, denen ich dort begegnet bin. Jetzt kann ich ihnen endlich helfen!“

Ihre Mutter richtete sich auf, und Adeline sah, wie sich eine steile Falte auf ihrer Stirn bildete. Auch wenn die alte Gräfin in den letzten Jahren milder geworden war, konnte ihr strenger Blick noch immer furchterregend sein. So manches Dienstmädchen war schon weinend in seine Kammer gelaufen, wenn es vom Zorn der Gräfin getroffen worden war. Jetzt blitzte dieser Unmut in ihren Augen auf, als sie ihre Tochter ansah. „Was soll das heißen?“

„Diese armen Menschen an der Ostsee brauchen dringend Hilfe, Mutter. Die Kinder dort hungern, weil die Fischer ihren Lohn vertrinken. Sie haben nichts, was ihnen Hoffnung gibt. Die Bewohner in den Städten hassen sie und sie sind so arm, dass sie ganz verzweifelt sind. Ich will ein Haus bauen lassen, in dem sie etwas zu essen bekommen, und ihnen von Jesus erzählen. Viele dieser armen Seelen wissen gar nicht, dass Gott sie liebt. Und Gott will, dass ich sein Werk dort tue, das weiß ich!“

„Gott?“ Die Falte auf der Stirn ihrer Mutter vertiefte sich, und ihre Stimme klang jetzt noch schärfer. „Und will Gott auch, dass du deine alte Mutter im Stich lässt?“

Adeline biss sich auf die Unterlippe, den Tränen nahe. Ihre Mutter hatte zielsicher den Finger auf den wunden Punkt gelegt, der ihr ohnehin zu schaffen machte. Natürlich wollte sie ihre Mutter nicht im Stich lassen. Sie hatte viel gebetet, um die richtige Entscheidung zu treffen, und ihr Entschluss stand fest. Mutter hatte ihre Schwestern, die sich um sie kümmerten, Adelines jüngerer Bruder Werner lebte mit seiner Familie in der Nähe und war für die alternde Gräfin da, und es gab in Hellebæk zahlreiche Bekannte und Freunde, die ein engmaschiges soziales Netz bildeten.

„Ich würde dich niemals allein lassen, das weißt du, Mutter. Aber du hast so viele andere Menschen, die für dich sorgen können. Und ich werde ja auch nicht das ganze Jahr fort sein. In den Wintermonaten komme ich nach Hause und kümmere mich um dich.“

Adelines Mutter schien unbeeindruckt. „Und wie stellst du dir das vor? Willst du etwa alleine dorthin reisen und dich mit Betrunkenen und Bettlern abgeben – du, eine feine Dame aus gutem Hause? Eine Hofdame der Kaiserin? Was werden die Leute denn sagen?“

Adeline verkniff sich eine trotzige Bemerkung, weil sie wusste, dass es keinen Zweck hatte, ihrer Mutter zu widersprechen. Sie war offensichtlich nicht daran interessiert, dass Adeline glücklich war, sondern nur an ihrem eigenen guten Ruf. Adeline musste unwillkürlich an Alexander denken. Er hatte genauso gedacht, und daran war ihre Liebe zerbrochen. Der Schein musste gewahrt werden, komme, was wolle, und das Leid anderer Menschen hatte sich gesellschaftlichen Rollen unterzuordnen. „Kaiserin Augusta selbst ist mir ein Vorbild darin, mich für in Not geratene Menschen einzusetzen und den Armen zu helfen. Es tut mir leid, wenn du meine Pläne nicht unterstützt, aber ich werde sie deshalb nicht ändern. Ich bin davon überzeugt, dass dies Gottes Weg für mich ist – und den muss ich gehen."

Sie wartete die Antwort ihrer Mutter nicht ab, sondern drehte sich um und ging hinaus. Adeline war enttäuscht darüber, dass ihre Mutter so gar kein Verständnis zeigte, aber sie hätte damit rechnen müssen. Doch neben der Enttäuschung spürte sie noch etwas anderes – eine Gewissheit, dass sie das Richtige tat. Und mit diesem Gefühl kam auch die Freude wieder, die von ihr Besitz ergriffen hatte, seit ihr zum ersten Mal die Idee für das Seemannsheim gekommen war. Sie würde gleich an Bürgermeister Baumann schreiben, um in Erfahrung zu bringen, wo ein geeignetes Grundstück als Bauplatz zu erwerben war. Jetzt konnte sie endlich mit der Arbeit beginnen.

Als Adeline wenige Wochen später wieder in Göhren vor dem Hotel der Wendts aus der Postkutsche stieg, konnte sie ihre Ungeduld kaum zügeln. Am liebsten hätte sie die Ärmel hochgekrempelt und eigenhändig den ersten Spatenstich bei ihrem Bauvorhaben getan. Die Umsetzung ihres Plans war nicht so schnell vorangegangen, wie sie es erhofft hatte, und so hatte sie erst in der letzten Woche das Material für ihr neues Seemannsheim bestellen können. Übermorgen würden die Arbeiter endlich mit dem Fundament beginnen.

Der nächste Morgen begann kalt und regnerisch, ein typischer Märztag, und Adelines Füße waren schon nach wenigen Minuten durchnässt, als sie die kleine Straße zum Hövt hinauflief, um ihr Grundstück in Augenschein zu nehmen. Der Bauplatz lag am Ortsrand, und zu dem von ihr erworbenen Land gehörte auch ein Streifen Mischwald aus Kiefern und Buchen. Sie hatte dieses Grundstück ausgewählt, weil es sowohl von der Stadt als auch vom Strand aus zu erreichen war. Dem Bürgermeister war diese Wahl sehr recht gewesen. Seine anfängliche Offenheit war der Befürchtung gewichen, die neue Seemannsstube könnte noch mehr der unbeliebten Fischer nach Göhren locken. Vor einigen Jahren hatten die Bewohner der Stadt bereits verhindert, dass ein Zufluchtshafen für die Fischer an ihrem Strand gebaut wurde. Der kleine, baufällige Landungssteg am Südstrand war das einzige Zugeständnis, das die Göhrener den Fischern gemacht hatten, damit sie im Notfall an Land gehen konnten. Und selbst dann war es eine gefährliche Angelegenheit, bei Sturm mit einem Kutter anzulegen. Die Fischerei war ein riskantes Geschäft, und wer zur See fuhr, musste einiges aushalten.

Erst als Adeline den Bürgermeister davon überzeugt hatte, dass sie durch den Bau ihres Seemannsheimes die Fischer aus der Stadt und damit von den reichen Gästen des kleinen Kurortes fernhalten würde, hatte er die Genehmigung für ihr Bauvorhaben erteilt. Sie hatte ihm versichert, dass die Männer in ihrem Heim ein günstiges Essen, aber keinen Schnaps bekommen würden.

Und jetzt war es endlich so weit. Der eisige Wind, der von der Ostsee her wehte und Adelines Wangen rötete, tat ihrer Freude keinen Abbruch. Sie spürte die Kälte kaum, so warm war ihr ums Herz. Auf einer Seite neben dem abgesteckten Bauplatz stapelte sich das Holz für das Haupthaus, in dem die Küche und die Bibliothek untergebracht werden würden. Außerdem sollte dort ein

Raum mit Strohmatten ausgelegt werden, auf denen die Fischer schlafen konnten. Später sollte ein zweites, kleineres Haus folgen, in dem Adeline wohnen konnte, wann immer sie auf Rügen war. Außerdem musste sie jemanden einstellen, der in ihrer Abwesenheit das Seemannsheim leitete, und auch diese Person brauchte ein Dach über dem Kopf.

Die Bauarbeiter waren bereits dabei, eine Grube für das Fundament auszuheben. Sie trugen schwere Ölmäntel gegen den Regen, der jetzt heftiger fiel, und Adeline wünschte, sie hätte selbst ein solches Kleidungsstück. Vielleicht konnte sie sich in Stralsund einen wasserdichten Mantel in ihrer Größe anfertigen lassen. Überhaupt hatte sie festgestellt, dass die feinen Kleider, die sie in Berlin oder im Haus ihrer Mutter trug, hier äußerst unpraktisch waren. Die Frauen, die auf der Halbinsel Mönchgut lebten, trugen meist schlichte Baumwollkleider und Schürzen sowie grobe wollene Tücher, die um die Schultern gelegt, über der Brust gekreuzt und auf dem Rücken gebunden wurden. Nur zu besonderen Anlässen wurden bestickte Schürzen und feinere Kleider mit weit ausgeschnittenem Mieder angelegt, unter denen die Frauen langärmelige weiße Blusen trugen. Meist zierte ein buntes Brusttuch den Ausschnitt. Die traditionelle Tracht der Männer bestand aus einer weiten, wadenlangen Leinenhose, zu der man eine gestreifte Weste und eine Wolljacke trug. Den Kopf bedeckte sogar an heißen Sommertagen eine blaue Tuchmütze mit Lederschirm. Im letzten Sommer hatte Adeline ein Fest miterlebt, bei dem die Mönchguter in Tracht Volkstänze aufgeführt hatten. Es war ein fröhliches, farbenfrohes Ereignis gewesen. Die Menschen hier waren ganz anders als die Berliner. Man war Reisenden gegenüber freundlich und hilfsbereit, es war immer Zeit für ein Schwätzchen, und insgesamt floss das Leben auf Rügen in einer gemächlicheren Geschwindigkeit dahin. Man konnte sich auf Mönchgut wohlfühlen.

Doch wenn es um die Armen ging, gab es hier die gleichen Vorurteile wie in Berlin. Wer arm war, wurde misstrauisch beäugt. Wer von einem Unglück heimgesucht wurde, bekam oft mehr Verachtung als Mitgefühl zu spüren, und wenn es galt, konkrete Hilfe zu leisten, hatten die meisten Leute anscheinend Wichtigeres zu tun. Adeline gab sich keinen Illusionen hin. Sie würde sich nicht darauf verlassen, dass die Göhrener ihr freiwillig oder gar unentgeltlich helfen würden. Dankbar dachte sie an das Erbe ihres Vaters, das es ihr ermöglichen würde, hier trotz aller Widerstände Gottes Werk zu tun.

Die folgenden Wochen vergingen wie im Flug. Das Wetter besserte sich und die Arbeiten an der großen Halle kamen gut voran. Und mit dem Sommer näherte sich auch der Tag, an dem die „Fischerstube“, wie sie manchmal genannt wurde, eröffnet werden sollte. Adeline hatte Einladungen an wichtige Persönlichkeiten aus der Umgebung gesandt, und Superintendent Droysen hatte angekündigt, er werde aus dem mehr als hundert Kilometer entfernten Wolgast kommen und an den Feierlichkeiten teilnehmen. Einige wichtige Göhrener Bürger – so wie der Inhaber des Hotels Brandenburg, das nur wenige Schritte vom Südstrand entfernt lag – würden höchstwahrscheinlich nur zähneknirschend erscheinen, aber es blieb ihnen kaum etwas anderes übrig. Eine Hofdame der Kaiserin, die sich in ihrer Stadt engagierte, konnten sie schließlich nicht einfach ignorieren.

Eigentlich machte es der unerschrockenen Gräfin nicht viel aus, dass sie bei den wohlhabenderen Menschen ihrer Umgebung auf Unverständnis stieß. Die Fischer und ihre Familien waren es, die ihr am Herzen lagen, und sie fassten langsam, aber sicher, Vertrauen zu ihr. Seit ihrer Ankunft auf Rügen hatte sie regelmäßig Lebensmittel beschafft und an die Armen verteilt. Außerdem nahm sie sich immer Zeit, mit den Frauen und Kindern zu sprechen, wenn sie selbst bei der Essensverteilung mitwirkte.

Man wusste inzwischen, dass die Gräfin von Schimmelmann Wort hielt. Das verschaffte ihr Respekt unter den einfachen Leuten und eine zögerliche Zuneigung.

Es gab nur eine Sache, die Adeline noch auf der Seele lag, als sie am Sonntag vor dem Eröffnungstermin nach dem Gottesdienst die Kirche in Middelhagen verließ. Seit Monaten betete sie, sie möge geeignete Hauseltern finden, die sich um „ihre" Fischer kümmern konnten. Aber noch hatte sie niemanden gefunden. Abgesehen davon, dass sie nicht wusste, wie sie die ganze Arbeit ohne Hilfe bewerkstelligen sollte, bedrückte es sie, dass sie niemanden hatte, mit dem sie die Begeisterung für ihr Vorhaben teilen konnte.

„Madame?"

Adeline fuhr herum. Sie hatte die Frau gar nicht kommen hören, so sehr war sie in Gedanken gewesen. Ihr Gegenüber hatte eine frische Hautfarbe und trug ein einfaches, aber makelloses Sonntagskleid. Möglicherweise war sie eine Bäuerin. „Ja?" Die Frau machte einen tiefen, wenn auch ungelenken Knicks, und Adeline berührte sie am Arm. „Nicht doch – wir sind hier schließlich nicht bei Hofe", sagte sie lächelnd. „Was kann ich für Sie tun?"

Die andere Frau sah erleichtert aus. Offenbar hatte es sie einige Überwindung gekostet, die kaiserliche Hofdame anzusprechen, und sie schien überrascht, Adeline so zugänglich zu finden. „Ich habe von Ihrem neuen Seemannsheim gehört, Gräfin. Und dass Sie jemanden suchen, der da kocht und sauber macht und nach dem Rechten sieht."

Adeline nickte und wartete darauf, dass die Frau fortfuhr.

„Also, meine Schwester wohnt in Groß-Zicker, das ist nicht weit von hier, und ich habe ihr davon erzählt. Ihr Mann war Lehrer an der Dorfschule, aber seine Augen wollen nicht mehr so richtig, und der Unterricht fällt ihm sehr schwer. Doch er ist ein gütiger Mann und kann sehr gut mit Menschen umgehen. Ich dachte ... also, vielleicht können Sie die beiden ja für Ihr Fischerheim gebrauchen."

Adeline hatte mit wachsendem Interesse zugehört. War dies die Erhörung ihrer Gebete, auf die sie so lange gewartet hatte? Während der letzten Monate hatte sie gelernt, Geduld zu haben und darauf zu vertrauen, dass Gott sein Werk tat – allen widrigen Umständen zum Trotz. Aber dieses Gottvertrauen erwies sich nicht immer als einfache Aufgabe, stellte sie fest. Vor allem, wenn man so wie sie spontan und voller Tatendrang war. Das Warten war ganz eindeutig nicht ihre Stärke. Doch nun schien es sich gelohnt zu haben.

„Meinen Sie, ich könnte meine Schwester und ihren Mann zu Ihnen schicken, damit Sie selbst mit ihnen sprechen können? Gudrun ist eine fleißige Hausfrau, und sie hat ein gutes Herz."

„Wissen Sie, Frau ..."

„Irmgard Mattiesen, gnädige Frau. Verzeihen Sie, dass ich mich noch gar nicht vorgestellt habe, aber ich war so schrecklich aufgeregt, weil ich noch nie mit einer Hofdame Ihrer Majestät gesprochen habe." Die Wangen der Frau glühten vor Verlegenheit.

„Meine liebe Frau Mattiesen, nun machen Sie sich bitte keine Gedanken. Ich bin auch nur ein ganz normaler Mensch. Ich bin eine Frau wie Sie, der die Menschen hier auf Mönchgut nicht gleichgültig sind, und Sie schickt der Himmel." Sie drückte Frau Mattiesens Arm. „Das meine ich ernst – ich glaube ganz fest, dass Gott Sie zu mir gesandt hat. Sagen Sie Ihrer Schwester und Ihrem Schwager, dass ich sie gerne kennenlernen würde. Am besten gleich morgen, wenn es ihnen recht ist. Wenn wir uns einig werden, könnten die beiden schon am ersten Juli anfangen."

Adeline gab Irmgard Mattiesen Anweisungen, wo sie zu finden war, dann verabschiedete sie sich mit einem herzlichen Dank von der Bäuerin. Als sie anschließend den Weg zu ihrem Hotel einschlug, war alle Niedergeschlagenheit wie weggeblasen. Ihr Herz war leicht, und deshalb waren ihre Füße es auch.

Der Tag der Einweihung begann mit strahlendem Sonnenschein und einem leichten Wind, der von der See her wehte. Im Raum des Haupthauses, der mit – noch überwiegend leeren – Bücherregalen ausgestattet war, hatte man zu diesem Anlass Stühle aufgestellt, damit die geladenen Gäste nicht in der Sonne sitzen mussten.

Adeline begrüßte die Gäste, allen voran den Superintendenten, der ein paar Worte sprechen sollte. Ansonsten würde die Gräfin selbst die Ansprache halten, indem sie den Leuten aus Göhren und Umgebung ihr Heim vorstellen wollte. Eine ganze Reihe Fischer waren ebenfalls mit ihren Familien erschienen und lehnten draußen an der Hauswand oder saßen vor dem Gebäude auf dem Boden. Einer der Männer hatte ein Schifferklavier mitgebracht und stimmte eine Volksweise an, während die Frauen sich unterhielten und die Kinder ein Stück entfernt Fangen spielten.

Neben dem fertigen Seemannsheim war ein zweites, kleineres Haus im Bau. Es sollte noch in diesem Sommer fertig werden, sodass Adeline in Zukunft dort wohnen konnte – gleich in der Nähe ihrer Fischer. An diesem Tag ruhte die Arbeit auf der Baustelle jedoch, und die Arbeiter gesellten sich zu der Festgemeinde, um mit den anderen zu feiern.

„Meine sehr verehrten Bürger von Göhren und Nachbarn aus Middelhagen, Badde, Lodde und den anderen Orten auf dieser schönen Halbinsel“, begann Adeline, nachdem sie Superintendent Droysen den Vortritt gelassen hatte und dieser seine Anerkennung für das Engagement der Gräfin zum Ausdruck gebracht hatte. „Ich danke Ihnen, dass Sie heute hierhergekommen sind, um mit mir zu feiern. Dies ist ein wunderbarer Tag für mich, und ich hoffe, dass auch Sie sich ein wenig mit mir freuen können. Denn von heute an ist Göhren ein Ort, an dem armen Menschen in besonderer Weise geholfen werden kann. Menschen, die auf hoher See ihr Leben riskieren, die sich bei Wind und Wetter ihren Lebensunterhalt erkämpfen und die nicht so viel haben wie Sie und ich.“ Sie ließ ihre Worte wirken, bevor sie fortfuhr: „Viele von Ihnen wissen, dass ich im Dienst Ihrer Majestät, der Kaiserin Augusta, stehe. Sie ist eine bewundernswerte und großherzige Frau, die sich für die Armen einsetzt und es als ihre Pflicht ansieht, von ihrem Wohlstand etwas an jene abzugeben, die Not leiden. Die Kaiserin ist mir darin ein großes Vorbild, und es ist mir ein Bedürfnis, ihrem Beispiel zu folgen.“

Einige Zuhörer nickten zustimmend. Auch wenn die Bewohner der Stadt den Fischern keine große Zuneigung entgegenbrachten, konnten sie nicht leugnen, dass es einer adligen Dame gut anstand, wohltätige Zwecke zu unterstützen.

„Aber wir alle wären heute nicht hier, wenn es nur nach meinem Willen gegangen wäre“, fuhr Adeline fort und ihre Stimme klang jetzt nachdenklicher. „Ich hätte nie von der Not der Fischer hier an der Küste erfahren, wenn der Allmächtige mich nicht an die Hand genommen und hierhergeführt hätte. Ich wäre nie in der Lage gewesen, dieses Heim zu errichten, wenn er nicht dafür gesorgt hätte, dass ich finanziell unabhängig wurde. Und ich hätte nie die Gelegenheit gehabt, die Herzen der Menschen hier zu berühren, wenn Gott nicht mein eigenes Herz berührt hätte.“

Adeline blickte in die Gesichter, in denen sie Zweifel, aber auch Neugier entdeckte. Ihr war bewusst, dass manche ihrer Gäste nicht auf die Idee gekommen wären, Gott könnte eine Frau wie sie gebrauchen, um ganz praktisch etwas zu bewirken. Noch vor einem Jahr hatte sie selbst sich nicht träumen lassen, dass sie hier Gottes Werk würde tun können. Sie lächelte. „Für mich ist dies ein wunderbarer Tag, weil ich Gott dienen kann, indem ich den Menschen hier diene. Möge er dieses Haus und alle segnen, die darin ein- und ausgehen.“ Die Gäste applaudierten, teils aus Höflichkeit, teils aus ehrlicher Anerkennung. Adeline hob abwehrend die Hände. „Ich möchte an dieser Stelle noch ganz herzlich dem Ehepaar Andresen danken, das sich bereit erklärt hat, mich zu unterstützen und sich um die Besucher dieses Hauses zu kümmern. Und damit Sie einen Eindruck davon bekommen, was unsere Gäste hier essen werden, hat Frau Andresen einen Eintopf zubereitet, zu dem ich Sie herzlich einlade.“ Adeline konnte sich ein kleines Schmunzeln nicht verkneifen, als sie die Mienen des Bürgermeisters und seiner Frau sah, die sie fassungslos anstarrten. Zweifellos waren sie noch nie in die Verlegenheit geraten, einen einfachen Bohneneintopf mit ungehobelten Fischern zu teilen. Auch einige andere Gäste sahen aus, als hätten sie in eine Zitrone gebissen. „Lassen Sie es sich schmecken!“

Annegret beobachtete von Weitem, wie die Leute einer nach dem anderen in ihren Sonntagskleidern durch die große Tür ins Freie traten und in kleinen Grüppchen stehen blieben oder langsam in Richtung Stadt schlenderten. Die Sonne blendete und sie kniff die Augen zusammen, um die Gestalten besser sehen zu können.

Da war sie. Beinahe hätte Annegret sie nicht erkannt, denn die große Frau trug an diesem Tag die Mönchguter Tracht – ein ungewohnter Anblick. In den letzten Wochen hatte sie die Gräfin häufiger gesehen, während sie die Bauarbeiten an den Häusern am Hövt überwacht hatte, meist in eine wasserdichte Öljacke und einen einfachen grauen Rock gekleidet. Ein paar Mal hatten sie auch miteinander gesprochen, und die Gräfin war immer freundlich gewesen. Sie hatte sich nach den Kindern erkundigt und Annegret ab und zu ein Stück Speck oder einen Sack Kartoffeln angeboten.

Zuerst war sie zu stolz gewesen, um diese Gaben zu nehmen, aber als der kleine Emil so krank war und Annegret kaum noch Milch für ihn hatte, war sie über ihren eigenen Schatten gesprungen und hatte die Lebensmittel angenommen. Im Gegenzug hatte Franz jedoch darauf bestanden, beim Bau des Fischerheims zu helfen. Mürrisch zwar, wie meistens, aber er wollte nicht in der

Schuld einer Fremden stehen. Also hatte er mit angefasst. Manchmal klang es fast so, als wäre es sein Haus, das er dort mit baute. Annegret lächelte. Es tat gut zu sehen, mit welchem Stolz er vom Fortschritt der Arbeiten erzählte, und jetzt war das große Gebäude fertig.

Annegret war mit den Kindern daheimgeblieben, aber Franz war mit ein paar anderen Männern zum Hövt gegangen, um bei der Eröffnung dabei zu sein.

Jetzt sah sie ihn, wie er lachend mit seinem Freund Hans Hansen die Straße heraufkam. Es zog Annegret vor Freude das Herz zusammen, ihn so fröhlich zu sehen. Vielleicht sah ihre Zukunft ja doch nicht so düster aus.

Der Juli war wie im Flug vergangen, während im Fischerheim allmählich eine gewisse Routine Einzug hielt. Mit Hilfe der Andresens organisierte Adeline die Lieferung von Lebensmitteln, sie half bei der Essenausgabe und verbrachte die Abende damit, den Seeleuten aus der Bibel oder anderen erbaulichen Werken vorzulesen. So manches Mal wurde sie dabei vom Schnarchen müder Männer unterbrochen, aber dann lächelte sie nur und las unbeirrt weiter. Von der Kirche in Middelhagen hatte sie einige alte Choralbücher für ihre Fischerstube geschenkt bekommen, und sie machte regen Gebrauch davon. Zuerst war das Singen für die rauen Gesellen ungewohnt gewesen; eine lästige Pflicht, die sie über sich ergehen ließen, um in den Genuss eines ordentlichen Abendessens oder einer trockenen Schlafstatt zu kommen. Aber nach einer Weile schienen sie Gefallen an den Liedern zu finden. Der Mann, der schon bei der Einweihung des Hauses sein Schifferklavier mitgebracht hatte, lernte, die Lieder mit einfachen Akkorden zu begleiten. Das half, den Gesang noch kräftiger und fröhlicher erklingen zu lassen. Adeline selbst war dankbar für die

Gelegenheit, diese fleißigen Leute, die ihr Herz sonst nicht auf der Zunge trugen, ein bisschen besser kennenzulernen. Ob es die tröstlichen Worte der alten Lieder waren oder die gefühlvollen Melodien – etwas berührte die Menschen offenbar in ihrem Innern und machte sie zugänglich für Gottes Liebe.

Inzwischen war auch das kleine, bescheidene Wohnhaus neben dem Seemannsheim fertig geworden, und an diesem Nachmittag packte Adeline ihre wenigen Sachen, um aus dem Zimmer im Hotel Wendt auszuziehen und in ihre eigenen vier Wände überzusiedeln.

Es war ein einfaches Holzhaus, dessen einzige Zierde die mit Spitzbögen versehenen hohen Fenster waren und das kaum Bequemlichkeit bot, aber Adeline genoss es, ihr eigenes Reich zu haben, in das sie sich zurückziehen konnte, während sie zugleich in der Nähe ihrer Arbeit war. Es war ihr wichtig, mit den bedürftigen Menschen zusammen zu sein und ihr Leben zu teilen, anstatt nur als angesehene, aber Abstand wahrende Wohltäterin zu erscheinen. Was sie im Gefängnis in Moabit gelernt hatte, erwies sich auch hier wieder als wahr: Die Armen hungerten nicht nur nach Essen, nach materiellen Dingen, sondern es herrschte unter ihnen auch ein großer Hunger nach Liebe. Sie brauchten menschliche Zuwendung, vor allem aber brauchten sie Hoffnung, eine Perspektive für ihr Leben, die sie trotz aller Härte und Not zuversichtlich in die Zukunft blicken ließ.

Adeline dachte daran zurück, wie entsetzt sie und Ida damals über die Armut vieler Berliner gewesen waren, und sie nahm sich vor, ihrer Freundin so bald wie möglich einen längst überfälligen Brief zu schreiben. Trotz all der Menschen, die sie umgaben, und trotz der Freude, die sie bei ihrer Arbeit erfuhr, gab es Augenblicke, in denen sie plötzlich von Einsamkeit überwältigt wurde. Dann betete sie noch mehr als sonst, damit dieses Gefühl der Leere nicht in ihr Fuß fassen konnte. Doch auch an solchen schweren Tagen hatte sie nie Zweifel daran, dass dieses Leben ihre Aufgabe, ihre Berufung war und dass ihre Entscheidung, selbstbewusst ihren Weg zu gehen, richtig gewesen war. Auch wenn es viele Jahre gedauert hatte, war dieser Weg schließlich Gottes Weg gewesen. Wenn sie Alexander oder einen anderen Mann geheiratet hätte, wäre das alles nicht möglich gewesen, und auch wenn sie gelegentlich mit Bedauern daran dachte, was hätte sein können, war sie doch von tiefer Dankbarkeit und Zufriedenheit erfüllt, weil sie Gottes Willen tat.

Sie blickte auf, als sie jetzt ein Klopfen an ihrer Zimmertür im Hotel vernahm. „Herein!“, rief sie. „Es ist nicht abgeschlossen.“

Die Tür öffnete sich langsam und mit einem leisen Knarzen, und kurz darauf erschien zögernd ein kleiner Strubbelkopf im Türspalt. Große, etwas ängstliche, aber wache Augen blickten unter dem ungekämmten Haar hervor.

Die Gräfin, die sich gerade über ihren Koffer gebeugt hatte, richtete sich auf und lächelte. „Guten Tag, mein Junge. Hat Herr Andresen dich geschickt, um mir mit meinen Taschen zu helfen?“

Der Junge nickte stumm. Seiner Größe nach zu schließen mochte er vielleicht sechs oder sieben Jahre alt sein, aber seine ernste Miene ließ ihn älter erscheinen. Er trug eine zerschlissene kurze Hose und ein nicht ganz sauberes Unterhemd, das aber keine Löcher aufwies, und blickte jetzt unbehaglich zu Boden. Er sah so dünn aus, dass Adeline Sorge hatte, er könnte unter dem Gewicht des Koffers zusammenbrechen. Sie würde das schwere Gepäck wohl doch selbst tragen müssen.

„Komm ruhig herein.“ Sie winkte ihn näher. „Wie heißt du denn?“

„Paul Frerich.“

„Hallo, Paul. Ich heiße Adeline von Schimmelmann. Schön, dass wir uns kennenlernen.“ Sie streckte ihm die Hand hin, die er zögernd ergriff.

„Siehst du diesen Beutel dort, Paul?“ Die Gräfin zeigte auf eine Gobelintasche, die fertig gepackt auf dem Stuhl vor dem kleinen Schreibtisch stand. „Wenn du den trägst, nehme ich den Koffer.“

„Ich kann den Koffer nehmen, Madame. Ehrlich!“

Adeline blickte ihn prüfend an, dann nickte sie. „Also gut, du kannst es versuchen. Aber wenn er dir zu schwer wird, musst du mir versprechen, ihn abzustellen. Wir haben keine Eile."

Paul nickte.

Adeline verstaute die letzten Gegenstände im Koffer, schloss ihn und stellte ihn auf den Boden. Dann zog sie ihr Taschentuch heraus und tupfte sich die Stirn ab. Es war an diesem heißen Augusttag drückend im Zimmer, und Adeline freute sich darauf, in Zukunft näher am Wasser zu wohnen, wo immer eine leichte Brise ging.

Der Weg zum Hövt war nicht weit, aber es ging bergauf, und so brauchten die beiden doch fast eine halbe Stunde, bis sie die Taschen zu Adelines neuem Haus gebracht hatten. Paul hatte mehrere Pausen einlegen müssen, war aber erstaunlich zäh und offensichtlich fest entschlossen, den schweren Koffer an sein Ziel zu bringen. Die Haare klebten von der Anstrengung an seiner Stirn, und der Schweiß lief ihm über die Schläfen, aber er sah zufrieden aus, als sie das Seemannsheim erreicht hatten.

„Mama, guck mal! Ich habe den Koffer ganz allein hergetragen!", rief der Junge voller Stolz, als er eine junge Frau vom Ufer heraufkommen sah.

Pauls Mutter sah selbst kaum alt genug aus, um ein Kind in seinem Alter zu haben, so zart und schmal war sie gebaut. Adeline schätzte sie auf höchstens fünfundzwanzig. Sie ging auf die Frau zu und streckte ihr die Hand entgegen. „Guten Tag, Frau Frerich. Ihr Sohn hat mir sehr geholfen. Vielen Dank, dass Sie ihn mir ausgeliehen haben." Sie lächelte die junge Frau an, die ein wenig errötete und abzuwägen schien, ob sie einen Knicks machen sollte oder nicht. Schließlich ergriff sie stattdessen die ausgestreckte Rechte der Gräfin.

„Bitte sagen Sie Magda zu mir. Er ist ein guter Junge, unser Paul", nickte sie. Dann sagte sie zu ihrem Sohn gewandt: „Lauf schnell zum Papa runter, er braucht deine Hilfe bei den Netzen."

Paul nickte und war davongerannt, bevor Adeline sich von ihm verabschieden und ihm als Dank für seine Hilfe eine Münze in die Hand drücken konnte. Deshalb wandte sie sich an Pauls Mutter. „Sagen Sie Ihrem Sohn bitte noch einmal danke und geben Sie ihm das hier. Nein, ich bestehe darauf", fügte sie hinzu, als Frau Frerich den Kopf schüttelte und protestieren wollte. „Und bitte kommen Sie doch herein, meine Liebe. Ich wollte mir gerade einen Tee machen und würde mich freuen, wenn Sie mir Gesellschaft leisten." Sie schloss die Tür zu ihrem neuen Haus auf und zog die junge Fischersfrau in die kleine Diele, von der aus eine Tür in die Küche führte.

Als ihr Gast sich mit großen Augen und ehrfürchtigem Blick umsah, wurde Adeline bewusst, dass das, was ihr wie eine bescheidene Unterkunft erschien, für jemanden wie die Frerichs ungewohnter Luxus sein musste. Adeline hatte die baufälligen Katen der Fischer am Strand gesehen, die oft in einem einzigen Raum eine ganze Familie und manchmal noch Hühner oder Hunde beherbergten. Die Bauern auf Mönchgut lebten auf ihren Höfen zwar ebenfalls beengt, aber wenigstens hatten sie neben einer großen Wohndiele noch eine gute Stube und abgetrennte Schlafräume sowie Ställe für die Tiere. Die Fischer hingegen verbrachten die Hälfte des Jahres auf ihren Kuttern, und ihre Familien waren froh, überhaupt ein festes Dach über dem Kopf zu haben.

„Bitte kommen Sie doch herein, Magda", forderte sie die junge Frau auf, die im Türrahmen stehen geblieben war. „Ich setze nur schnell das Wasser auf." Frau Andresen hatte auf Wunsch der Gräfin einen Kessel, ein paar Töpfe und ein wenig Geschirr besorgt, sodass die Küche mit dem Nötigsten ausgestattet war. Auch das Zimmer nebenan, das zugleich als Wohn- und Schlafraum diente, war mit einigen wenigen gebrauchten Gegenständen spärlich möbliert worden. Von diesem Raum aus führte eine weitere Tür in eine kleine Kammer, die gänzlich leer war.

„Wie lange sind Sie schon hier in Göhren?", fragte Adeline, während sie den Tee zubereitete. „Ich glaube, wir sind uns noch nicht begegnet, nicht wahr?"

Pauls Mutter schüttelte den Kopf. „Mein Mann Walter und ich waren bis vor Kurzem in Sassnitz. Aber dort waren so viele Fischer, dass es nicht genug Arbeit für alle gab, und deshalb sind wir hierhergekommen." Sie schien ein wenig aufzutauen und setzte sich jetzt sogar auf einen der einfachen Küchenstühle. „Außerdem hatten wir von Ihrem Seemannsheim gehört." Sie blickte beschämt zu Boden. „Mein Paul hatte so oft Hunger, und jetzt bekommt er jeden Tag etwas Warmes zu essen – das haben wir Ihnen zu verdanken."

„Ich bin in meinem Leben so reich beschenkt worden, dass ich gerne mit denen teilen möchte, die nicht so viel Glück hatten. Es ist mir wirklich eine Freude, die Menschen hier kennenzulernen. Und Paul ist so wohlerzogen – ein reizender Junge. Wie alt ist er?"

„Er wird bald sieben. Aber er ist klein für sein Alter. Und schmächtig. Vielleicht nimmt er ein bisschen zu, jetzt, wo er jeden Tag Kartoffeln und Gemüse essen kann." Frau Frerich nahm den Becher mit Tee entgegen, den Adeline ihr hinhielt. „Danke vielmals."

„Wenn Paul mag, kann er mir ein bisschen helfen. Wir haben jeden Abend eine Andacht drüben in der Fischerstube, und da könnte ich gut jemanden gebrauchen, der die Liederbücher austeilt und wieder einsammelt und der das Feuer schürt, wenn es kälter wird. Meinen Sie, er würde das gerne tun?"

„Oh ja, da bin ich sicher. Er liebt Bücher und möchte so gerne lesen lernen. In die Schule können wir ihn nicht schicken, weil sein Vater ihn braucht, um beim Flicken der Netze und Reusen zu helfen."

Adeline nickte, aber insgeheim fasste sie den Entschluss, Paul bei seinem Vorhaben zu helfen. „Wenn Sie Paul morgen nach der Arbeit zu mir schicken, werde ich mit ihm sprechen."

Die beiden Frauen unterhielten sich noch eine Weile, bevor Magda Frerich sich für den Tee bedankte und hinauseilte, um an ihre Arbeit zurückzukehren. Viele der Frauen halfen ihren Männern beim Fischfang, denn jede Arbeitskraft wurde gebraucht, um eine ausreichende Ausbeute zu erzielen und von dem kärglichen Einkommen wenigstens zu überleben. Kein Wunder, dass der Schulbesuch der Kinder in diesen Familien zu kurz kam – sie mussten ebenso mit anpacken. Doch ohne Bildung, das wusste Adeline, würden sie später ebenso verzweifelt ums Überleben kämpfen müssen wie ihre Eltern. Sie beschloss, nicht nur Paul, sondern auch die anderen Kinder nachmittags zu unterrichten, wann immer ihre Eltern sie gehen ließen.

Die nächste halbe Stunde verbrachte Adeline damit, ihre wenigen Habseligkeiten in den Schrank zu räumen und die Fenster weit zu öffnen. Frau Andresen hatte das Bett mit Laken bezogen, die frisch gewaschen, aber so verschlissen waren, dass sie an einigen Stellen bald reißen würden. Adeline würde Bettwäsche und einige andere Dinge von Hellebæk aus schicken, wenn sie wieder daheim war, aber im Moment war das, was sie hatte, völlig ausreichend. Sie war froh, dass sie endlich in ihren eigenen vier Wänden wohnen konnte. Die Leute im Hotel waren höflich gewesen, hatten sie aber auch misstrauisch beäugt, wie die meisten Göhrener. Kaum einer verstand, warum eine Dame ihres Standes, die sogar Hofdame bei Ihrer Majestät, der Kaiserin war, sich mit diesen ungewaschenen Seeleuten die Hände schmutzig machte. Wohltätigkeit – so sahen sie es – war gut und schön und gehörte sich für eine wohlhabende Adelige auch sehr wohl, aber selbst die Ärmel aufzukrempeln und Suppe auszuteilen? Oder mit den Fischersfrauen am Strand zu plaudern, als wäre sie eine von ihnen? Nein, das ging in den Augen vieler angesehener Bürger eindeutig zu weit. Adeline war froh, dass sie mit dem ehemaligen Schullehrer Johann Andresen einen Mann auf ihrer Seite hatte, der auf Mönchgut in gutem Ruf stand und beim Einkauf von Lebensmitteln oder Beschaffen von Werkzeug die Geschäfte mit den Einheimischen abwickeln konnte.

Nachdem sie mit der Einrichtung ihres Hauses zufrieden war, warf die Gräfin einen Blick auf ihre Uhr. Es war beinahe sechs

Uhr, und sie wollte noch einen kleinen Spaziergang zum Strand machen, bevor sie zur Abendandacht zum Haupthaus hinüberging. Sie hatte die tägliche Andacht eingeführt, damit die Menschen hier nicht nur mit Speck, Bohnen und Kartoffeln versorgt wurden, sondern auch mit geistlicher Nahrung. Nachdem der Pfarrer in Middelhagen keine Zeit für die Fischer zu haben schien, hatte Adeline es kurzerhand selbst übernommen, jeden Abend einen Bibeltext vorzulesen und ihn den Gästen ihres Seemannsheim zu erklären, so gut sie es verstand. Sie war keine Theologin, aber sie konnte ebenso gut die biblischen Geschichten erzählen und den Armen sagen, dass Gott sie liebte. Diese Menschen brauchten eine warme Mahlzeit, aber sie brauchten auch eine innere Wärme, brauchten Fürsorge, Nächstenliebe und menschliche Wärme. Und vor allem brauchten sie Jesus.

Am liebsten hörten die Männer die Geschichten, in denen Petrus und die anderen Jünger auf dem See Genezareth waren – Fischer wie sie selbst, die auf dem Wasser Gefahren ausgesetzt waren und trotz harter Arbeit Tag und Nacht kaum genug zum Leben hatten. Für Adeline war es ergreifend zu sehen, wie die rauen Gesellen, die oft laut und unbeherrscht waren, dann gebannt zuhörten und nachdenklich dreinschauten. Ja, sie war hier an der richtigen Stelle – egal, was ihre Angehörigen oder die Bewohner der Stadt sagten.

Während Adeline zum Strand hinunterging und die leichte Brise genoss, die vom Meer heraufwehte, dachte sie an den Brief, den sie erst gestern von ihrer Schwester Sophie erhalten hatte. Je mehr sie am Leben der Leute hier teilhatte, desto fremder schien ihr die Welt, in der ihre Geschwister lebten. Und jedes Mal, wenn die Kaiserin nach ihren Diensten verlangte, dauerte es eine Weile, bis Adeline sich wieder an den Überfluss und an die oft so sinnlos erscheinenden gesellschaftlichen Pflichten gewöhnt hatte. Trotzdem interessierte sie sich für das, was ihre Schwester schrieb, weil sie sich schon immer gut verstanden hatten und sie Sophie von Herzen liebte – genau wie ihre anderen Geschwister auch.

Normalerweise erzählte Sophie viel von ihren Kindern, von Adelines Nichten und Neffen, von denen der älteste jetzt schon auf die höhere Schule kam.

Diesmal hatte Adeline den Brief ihrer Schwester jedoch mit gemischten Gefühlen gelesen. Ihr jüngerer Bruder Werner war alles andere als glücklich darüber gewesen, als er von Adelines Vorhaben auf Rügen gehört hatte. Er hielt das Ganze für eine unvernünftige Idee seiner überspannten Schwester und beklagte sich bei ihrer Mutter darüber, dass Adeline monatelang alleine auf Rügen verbrachte, und dazu noch in gesellschaftlich völlig unannehmbaren Kreisen. Adeline hatte den Verdacht, dass es Werner nicht so sehr um ihren Ruf ging, sondern dass er sich Sorgen machte, Adeline könnte mit ihrem Heim für Seeleute am Ende ihr ganzes Erbteil „verschleudern". Es fiel ihr schwer, Werner so selbstsüchtige Motive zu unterstellen, aber er war in Adelines Testament als Erbe benannt und hatte somit ein persönliches Interesse an ihrem Vermögen. Die alte Gräfin, die noch immer gekränkt war, weil ihre unverheiratete Tochter sich offenbar mehr für wildfremde Menschen interessierte als für ihre eigene Mutter, fühlte sich durch die Meinung ihres Sohnes bestätigt und hatte in ihren Briefen bereits mehrfach versucht, Adeline umzustimmen, damit sie ihre Arbeit unter den Fischerfamilien aufgab und nach Dänemark zurückkehrte.

Adeline seufzte. Ihre Mutter und die anderen verstanden einfach nicht, dass dies keine Laune einer gelangweilten Hofdame der Kaiserin war, sondern ein echtes Herzensanliegen und dazu eine Aufgabe, von der sie sicher war, dass Gott seinen Segen dazu gab. Er selbst hatte sie hierhergeführt – und wie konnte sie ihre eigene Bequemlichkeit oder die Wünsche ihrer Angehörigen höher achten als Gottes Willen für ihr Leben? Sie konnte das Seemannsheim nicht einfach aufgeben, selbst wenn sie es gewollt hätte. Die Menschen hier vertrauten ihr, und sie konnte und wollte sie nicht enttäuschen. Vor allem aber hatte Gott sie dazu auserwählt, die Saat seiner Liebe in die Herzen der armen Fischer und ihrer Familien zu säen. Und das würde sie tun, so lange es ihr möglich war. Aus Reichtum, raschelnder Seide und rauschenden Bällen machte sie sich schon lange nichts mehr. Das, was sie durch ihre Tätigkeit als Hofdame an Einkommen hatte, war für ihren eigenen Unterhalt mehr als genug, und das Geld, das ihr Vater ihr hinterlassen hatte, war nur dann von Wert für sie, wenn sie es für ihre Arbeit „im Weinberg des Herrn" gebrauchen konnte.

Ein Windstoß wehte den Geruch von Salzwasser und Fisch zu ihr herüber, und Adeline musste unwillkürlich lächeln. Ein Weinberg war in ihrem Fall wohl nicht das richtige Bild. Aber der Gedanke, ein Menschenfischer zu sein, wie die Jünger es gewesen waren, allen voran Petrus, der als einer der Ersten von Jesus berufen worden war, gefiel ihr auch.

Die eigenwillige Gräfin wandte sich um, hob ihren Rocksaum hoch und stapfte durch den weißen Sand zurück das Hövt hinauf. In zehn Minuten würde die Abendandacht beginnen, und sie wusste schon, welche Geschichte sie heute erzählen würde.

Stürmische Zeiten

Die dunklen Wolken waren im Laufe des Nachmittags heraufgezogen, und als Adeline vor das Haus trat, spürte sie die unheimliche Ruhe, die einem Sturm vorausgeht. Die Natur schien die Luft anzuhalten und darauf zu warten, dass das Unwetter losbrach. Adelines Blicke wanderten besorgt aufs Meer hinaus. Am Morgen hatte es noch ausgesehen, als würde es ein ruhiger, wenn auch grauer, nebliger Novembertag werden, und so waren die meisten Fischer mit ihren Kuttern hinausgefahren. Einige von ihnen hatten ihre Arbeit vorzeitig abgebrochen und bereits am Landesteg angelegt, um ihren mageren Fang zu löschen. Frauen und Kinder halfen ihnen dabei, die Körbe mit den Fischen auszuladen und in die unterirdischen Kühlhäuser zu bringen. Auch sie blickten immer wieder ängstlich zum Himmel hinauf, der jetzt schwarz und bedrohlich über ihnen hing.

Adeline schlug den Kragen ihrer Öljacke hoch, die sie in dieser Jahreszeit meistens trug, wenn sie ihr Haus verließ. Den Südwester auf ihrem Kopf zog sie tiefer in die Stirn, bevor sie zum Wasser hinunterging, um zu hören, wie viele Fischer noch erwartet wurden.

Sie war noch nicht ganz am Ufer angekommen, als eine plötzliche Windbö sie erfasste und sie beinahe das Gleichgewicht verlor. Mit einem Schlag erwachte das Meer zum Leben wie ein wildes Tier, das unsanft aus dem Schlaf geweckt wurde und seinem Unmut Luft machte. Die Wogen, die an den Südstrand schlugen, folgten immer rascher aufeinander, und jeder Wellenkamm schien höher zu sein als der letzte. Es dauerte nicht lange, und weiße Gischt bildete sich auf den Spitzen der Wellen. Adeline stemmte sich gegen den Wind, während das sonst so sanfte Rauschen des Meeres stetig lauter wurde und zu einem Brüllen anwuchs. Ihr

Herz schlug schneller, als sie einen Jungen am Ufer stehen sah, der auf die Wogen hinausblickte. Er hörte sie nicht kommen, aber als sie näher kam, drehte er sich zu ihr um, und in seinen Augen konnte sie die Angst sehen.

„Paul! Was machst du denn allein hier draußen? Komm, wir gehen hinein – es ist zu kalt hier."

Der Junge, der in den zwei Jahren, die sie ihn jetzt schon kannte, ein ganzes Stück gewachsen war, schüttelte den Kopf. „Ich kann nicht. Ich muss doch Papa und Mama helfen, wenn sie kommen."

Adeline versuchte, sich ihre Besorgnis nicht anmerken zu lassen. Wenn die Frerichs mit ihrem Kutter noch dort draußen auf der Ostsee fischten, waren sie in großer Gefahr. Aber es hatte keinen Sinn, Paul noch mehr zu beunruhigen. „Wir werden ihnen beide helfen, wenn sie kommen, in Ordnung? Aber wer weiß, wie lange das noch dauert, und wenn du hier stehen bleibst, frierst du am Ende so sehr, dass du ganz kalte Hände bekommst, und dann kannst du nicht so gut anfassen." Sie legte eine Hand auf Pauls Schulter. „Komm, wir wärmen uns ein bisschen in der Bibliothek auf. Von dort aus können wir auch sehen, wenn ein Kutter anlegt."

Der Junge ließ den Kopf hängen, folgte ihr aber in die schützenden Räume des Seemannsheims. In der Bibliothek, wie Adeline den großen Raum gerne nannte, in dem die Besucher aber auch ihren Eintopf aßen, brannte ein Feuer im Kamin, das die größte Kälte verbannte. Einige Öljacken hingen an Haken an der Wand, und die Männer, denen sie gehörten, saßen an langen Tischen und unterhielten sich oder spielten Karten. Es roch nach einer Mischung aus Holzrauch und Erbsensuppe, deren Duft aus der Küche herüberzog. Aus dem Schlafraum nebenan drang leises Schnarchen herüber. Offenbar hatte sich einer der müden Fischer schon hingelegt, um sich von seinem anstrengenden Tagwerk zu erholen.

„Frau Andresen?" Adeline streckte den Kopf zur Küchentür hinein, nachdem sie Paul auf einer Bank am Fenster zurückgelassen hatte. „Machen Sie uns bitte einen Tee? Der Junge ist völlig durchgefroren.“

„Natürlich, Gräfin.“ Nach wenigen Minuten brachte die rundliche Frau, die von den Fischern und ihren Familien wegen ihrer bodenständigen und mütterlichen Art geschätzt wurde, eine Kanne mit Pfefferminztee und stellte sie auf einen der Tische. Adeline schenkte einen Becher voll ein und drückte ihn dem Jungen in die Hand. „Hier, trink das.“

Paul befolgte ihre Anweisung gehorsam, aber noch immer sagte der sonst so lebhafte Junge nichts. Adeline sah, wie er sich auf die Unterlippe biss, um nicht zu weinen. Auch wenn er es vielleicht nicht in Worte fassen konnte, wusste der Neunjährige doch, dass eine Rückkehr seiner Eltern mit jeder Minute, die verstrich, unwahrscheinlicher wurde. Es tat ihr in der Seele weh, den Jungen, den sie im Laufe der vergangenen Jahre ins Herz geschlossen hatte, so leiden zu sehen.

„Weißt du was?“, sagte sie. „Ich werde dir etwas vorlesen, während wir auf deinen Papa und deine Mama warten.“ Sie stand auf, ging zu dem breiten Bücherregal, das inzwischen gut gefüllt war, und suchte ein Buch mit biblischen Geschichten für Kinder aus. Normalerweise wollten ihre Zuhörer, die jungen wie die erwachsenen, immer Abenteuergeschichten hören, aber an diesem Abend brauchte Paul etwas Tröstendes, beschloss sie. Sie ging zu dem Jungen zurück, setzte sich neben ihn und legte einen Arm um ihn. Sie überlegte einen Augenblick, dann blätterte sie zu der Geschichte von der Stillung des Sturmes. Sie fing an, die Geschichte von den Jüngern zu lesen, die auf ihrem Fischerboot waren, als ein Unwetter aufkam; davon, dass sie Angst hatten. Und von Jesus, der seelenruhig schlief, während die Wellen in den kleinen Kutter schwappten.

„Und weißt du noch, was Jesus dann gemacht hat?“, fragte Adeline Paul.

Er nickte. „Er ist aufgestanden und hat dem Sturm gesagt, dass er still sein soll.“

„Genau. Und weißt du auch, warum der Sturm ihm gehorchte? Weil Jesus Gottes Sohn ist und so mächtig, dass selbst das Meer und die Wellen ihm gehorchen."

„Aber was ist, wenn Jesus nicht da ist? Mama und Papa sind doch ganz allein auf dem Boot."

Adeline spürte Tränen hinter ihren Augen brennen. „Deine Eltern sind nicht allein, Paul. Jesus ist bei ihnen. So wie er hier bei uns ist. Er ist immer bei uns, was auch immer passiert. Bei einem Unwetter auf See und bei schweren Zeiten in unserem Leben. Und deshalb brauchen wir auch keine Angst zu haben. Wir dürfen darauf vertrauen, dass Gott uns durch die Stürme unseres Lebens führt."

„Und was ist, wenn der Sturm nicht aufhört? Was ist, wenn …" Jetzt kullerten die Tränen über die Wangen des Jungen.

Adeline zog ihn an sich und hielt ihn fest im Arm. Draußen war es inzwischen ganz dunkel geworden, und der Regen peitschte gegen die Fenster des Seemannsheims. Was war, wenn Walter und Magda Frerich nicht zurückkamen?

„Dann wird Jesus trotzdem bei dir sein. Er wird dich trösten und für dich sorgen." Jetzt liefen auch ihr die Tränen über die Wangen. „Und ich werde es auch tun."

Sie saßen noch lange so da, eng umschlungen, beim anderen Trost suchend. Nach und nach kamen die anderen Fischer herein, um etwas zu essen und sich zu wärmen. Hin und wieder trat einer von ihnen näher und fuhr Paul über den blonden Haarschopf. Die Frauen warfen ihm mitleidige Blicke zu, aber der Junge starrte immer nur zum Fenster hinaus, bis er irgendwann vor lauter Erschöpfung und Kummer einschlief. Als der Himmel schließlich am nächsten Morgen heller wurde, war allen klar, dass es für die vermissten Fischer kaum noch Hoffnung gab.

Der anbrechende Tag begann windstill und wolkenlos, so als hätte es nie einen Sturm gegeben. Adeline, die Paul in den frühen Morgenstunden auf eines der Lager im Nebenraum gebettet hatte, schritt vor dem Fenster, das zum Strand hinausging, unruhig auf und ab. Die Küstenwache war ausgefahren, um nach den Vermissten zu suchen, doch als die Männer nach mehreren Stunden zurückkamen, brachten sie schlechte Nachrichten mit. Zwei Boote waren am Abend zuvor nicht zurückgekehrt, und während eines von ihnen mitsamt seiner erschöpften, aber unversehrten Besatzung das Unwetter überstanden hatte, war der Kutter der Frerichs weiter nördlich gefunden worden, wo er an den Kreidefelsen unweit vom Königsstuhl zerschellt war. Das Ehepaar und ein Helfer, der mit an Bord gewesen war, konnten nur noch tot geborgen werden.

In den folgenden Tagen lag eine gedrückte Stimmung über dem Seemannsheim. Es geschah immer wieder einmal, dass Fischer bei ihrer Arbeit umkamen, und die rauen Gesellen ließen sich auf den ersten Blick nichts anmerken. Aber durch dieses tragische Unglück wurde ihnen ihre eigene Sterblichkeit neu bewusst, so schien es. Viele von ihnen waren stiller als sonst, wenn sie über ihrer Suppe saßen. Auch dass Adelines Abendandachten so gut besucht waren wie lange nicht, war Ausdruck der Anteilnahme und Nachdenklichkeit, die in der Fischergemeinschaft herrschte.

Adeline hatte kurzerhand beschlossen, den elternlosen Paul bei sich aufzunehmen. Die Männer stellten für ihn ein schmales Bett in die kleine Kammer, und Adeline holte Pauls wenige Habseligkeiten. Der Junge sprach nicht viel und starrte immer wieder aus dem Fenster, so als hoffte er wider besseres Wissen, seine Mutter und seinen Vater vom Strand heraufkommen zu sehen. Und er blieb immer in Adelines Nähe, folgte ihr, wohin sie auch ging, und schlief abends nur ein, wenn sie an seinem Bett saß und ihm etwas vorsang. Nachts fuhr er manchmal weinend aus dem Schlaf auf, und dann dauerte es eine ganze Weile, bis er sich in ihren Armen wieder beruhigte.

Adeline tat es in der Seele weh, den Jungen so leiden zu sehen, und oft haderte sie im Gebet mit ihrem Gott. Warum musste er Paul solchen Kummer zufügen? Warum hatte er die Frerichs nicht heil wieder nach Göhren zurückgebracht? Wie sollte sie, die keine eigenen Kinder hatte, diesem Kind gerecht werden? Was wusste sie schon von Erziehung und von den Bedürfnissen eines neunjährigen Jungen?

Doch mit Gottes Hilfe würde sie versuchen, Paul eine Mutter zu sein, mit allem Freud und Leid, das dazugehörte.

Es war das erste Weihnachtsfest, das Adeline in ihrem Haus in Göhren verbrachte. In den vergangenen Jahren war sie während der Wintermonate bei ihrer Mutter in Hellebæk oder in Berlin gewesen, wenn die Kaiserin nach ihr schickte. Doch in diesem Jahr konnte sie die Insel nicht verlassen. Paul vermisste seine Eltern, und Adeline wollte ihn nicht auch noch aus seiner gewohnten Umgebung reißen, indem sie ihn nach Dänemark mitnahm. Außerdem wusste sie nicht, wie ihre Mutter dem Jungen begegnen würde. Adeline hatte in Briefen davon berichtet, dass sie sich jetzt um einen Waisenjungen kümmerte, aber die Antwort ihrer Familie war eher kühl gewesen. Wahrscheinlich nahmen sie ihr immer noch übel, dass sie sich so für die Menschen hier an der Küste einsetzte. Adeline war nicht glücklich über die angespannte Beziehung zu ihrer Mutter und ihren Geschwistern, aber sie würde dem Druck ihrer Angehörigen nicht nachgeben, sondern weiter das tun, wozu sie berufen war.

Bedrückend waren auch die Nachrichten, die aus der Hauptstadt drangen. Augustas Gesundheit war schon länger nicht gut gewesen, und sie saß seit Jahren im Rollstuhl, aber jetzt war ihr Zustand äußerst besorgniserregend. Es schien, als wäre sie dem Tode nahe. So war es für Adeline eine traurige Adventszeit, in der sie jeden Tag mit der Todesnachricht aus Berlin rechnete. Sie hatte sich Ihrer Majestät immer sehr verbunden gefühlt und liebte die Monarchin von Herzen. Erst im vergangenen Sommer, beim jährlichen Aufenthalt des Hofstaates in Koblenz, hatte sie Augusta von ihrem Seemannsheim auf Rügen erzählt und davon, wie ihr Glaube ihr bei der Arbeit immer wieder neue Kraft gab. Sie hatten lange miteinander gesprochen, und Adeline war in der Gewissheit abgereist, dass die Kaiserin mit ihrem Gott im Reinen war. Das war ihr jetzt bei aller Traurigkeit ein großer Trost.

Den Vormittag des Heiligen Abends verbrachte Adeline damit, den großen Saal der Fischerstube für den Weihnachtsgottesdienst zu schmücken. Paul und einige andere Kinder halfen ihr dabei, selbst gebastelte Strohsterne an die Fenster zu kleben und Kerzen auf die Tische zu stellen. Am Tag zuvor hatten sie im angrenzenden Waldstück Kiefernzweige gesammelt, und jetzt zog der würzige Duft des weihnachtlichen Grüns durchs ganze Haus. Frau Andresen machte sich seit dem frühen Morgen in der Küche zu schaffen, wo sie ein besonderes Weihnachtsessen für die Fischer und ihre Familien zubereitete. Sie hatte auch Plätzchen gebacken, und die Kinder warfen immer wieder sehnsüchtige Blicke zu den Kuchengittern hinüber, auf denen das Gebäck abkühlte.

Adeline war gerade dabei, einen Tannenzweig über dem Kamin zu befestigen, als vor dem Haus laute Stimmen ertönten. Es klang nach einer hitzigen Auseinandersetzung, und Adeline ließ die Zweige und die roten Bänder sinken, um nachzusehen, was draußen los war.

„Ich habe gesagt, Sie sollen verschwinden!“, war Johann Andresens Stimme gerade zu vernehmen.

„Ich gehe nirgendwohin, bevor ich mit der alten Schrulle geredet habe. Mit der habe ich nämlich noch ein Hühnchen …“ Der Mann verstummte, als er Adeline im Türrahmen erblickte. Sein Gesicht, das schon jetzt gerötet war, wurde noch eine Spur dunkler.

Adeline bezweifelte, dass dies ein Zeichen von Verlegenheit war. „Guten Tag, Herr Brommer“, sagte sie. „Wie nett, dass Sie mir ein frohes Fest wünschen wollen. Oder kann ich sonst noch etwas für Sie tun?“ Adeline lächelte liebenswürdig. Der zornige

Gast war kein Fremder, sondern der Wirt der Pension Mönchgut, dem ältesten Gasthaus am Ort. Adeline war schon mehrmals von ihm beschimpft worden, und sie bemühte sich immer, freundlich zu bleiben. Doch ihre Worte schienen den Göhrener nur noch wütender zu machen.

„Sie wollen sich also über mich lustig machen, ja? Und das nennen Sie christlich?“ Der Mann, der nach Alkohol roch, spuckte vor ihren Füßen aus. „Ihretwegen kann ich bald mein Gasthaus schließen, wenn das so weitergeht! Früher sind die Männer zu mir in die Wirtschaft gekommen, und jetzt nehmen Sie mir die Kundschaft weg!“

„Es ist keineswegs meine Absicht, mich lustig zu machen. Aber Sie wissen genauso gut wie ich, dass es niemandem etwas nützt, wenn Sie hier betrunken auftauchen und uns beschimpfen. Es tut mir leid, wenn Sie Unannehmlichkeiten haben, aber ich kann nicht zulassen, dass die Fischer ihren kargen Lohn für Schnaps ausgeben und ihre Familien hungern müssen. Ich bin fest entschlossen, meinen Kampf gegen den Teufel Alkohol fortzusetzen, ob es Ihnen gefällt oder nicht. Herr Andresen hat Sie gebeten zu gehen, und ich schließe mich dieser Bitte an. Guten Tag.“ Sie wandte sich ab, um wieder hineinzugehen.

„So einfach kommen Sie mir nicht davon! Sie werden schon noch sehen, was Sie davon haben!“, schrie der Wirt ihr nach. Er machte einen Schritt auf den Eingang zu, aber Andresen schob sich mit verschränkten Armen zwischen ihn und Adeline und sah den Wirt unverwandt an. Der ehemalige Schulleiter war nicht groß, aber er hatte eine natürliche Autorität, die sogar einen kräftigen Kerl wie Brommer in Schach zu halten schien. Der Mann knurrte noch einige unverständliche Worte und ging dann mit unsicherem Schritt davon.

Adeline seufzte. Solche Zusammenstöße mit den Göhrener Wirtsleuten kamen immer wieder vor, aber bislang hatten die Gemüter sich meist schnell wieder beruhigt. Bei Brommer hatte sie ein ungutes Gefühl. Ihr war klar, dass sie sich unter den Wirten Feinde machte, weil sie den Fischern für wenig Geld eine warme Mahlzeit bot und sie so von den Gasthäusern fernhielt. Aber es war der einzige Weg, wie die Frauen der Fischer mit dem Ertrag ihrer Arbeit Lebensmittel kaufen und ihre Kinder ernähren konnten. Dafür war Adeline auch bereit, mit Anfeindungen zu leben.

Sie seufzte und machte sich wieder an die Arbeit. Es dauerte nicht lange, bis sie angesichts der Vorbereitungen und der Vorfreude der Kinder den Zwischenfall vergessen hatte. Im Laufe des Nachmittags trafen immer mehr Gäste ein, und es war rührend zu sehen, wie die Fischer sich für den Heiligabendgottesdienst fein gemacht hatten. Ordentlich gekämmt und mit glänzend geputzten Schuhen traten sie einer nach dem anderen in den festlich geschmückten Saal, in dem es nach Kerzen und Zimt roch. Adeline musste unwillkürlich lächeln, als sie in die wettergegerbten Gesichter sah. Während die Frauen und Kinder schnell Zuneigung zu Adeline gefasst hatten, waren viele der Männer wortkarge Gesellen, aber Adeline spürte, dass sie von ihnen akzeptiert wurde.

Noch nie hatte sie Weihnachten ohne ihre Familie gefeiert, ohne feine Torten und zartes Geflügel, ohne Kronleuchter und dicke, weiche Teppiche, ohne ihre Mutter und ihre Tanten und ohne Kammermusik am Abend. Aber sie konnte sich nicht daran erinnern, jemals eine so tiefe Freude an diesem Fest empfunden zu haben. Hier, bei einem deftigen Eintopf, einem Glas Bier zur Feier des Tages, mit einer Horde aufgeregter Kinder, die mit leuchtenden Augen ihre Geschenke in Form von Holzautos oder Puppen auswickelten, und an einem Ort, wo „O du fröhliche" zum Schifferklavier erklang – hier war ihr Herz zu Hause, bei ihrer großen, raubeinigen Familie.

„Tante Adeline?", riss Paul sie aus ihren Gedanken.

„Ja, mein Junge?"

„Glaubst du, dass Mama und Papa im Himmel auch Weihnachten feiern?"

Adeline streckte den Arm aus, und der Junge schmiegte sich an sie. „Natürlich tun sie das, Paul. Schließlich ist Weihnachten das Fest, an dem wir feiern, dass Jesus auf die Erde gekommen ist. Und Gott freut sich sehr darüber, wenn Menschen an ihn glauben." Sie lächelte. „Und wenn wir uns auch freuen."

Paul sah sie zweifelnd an. „Aber ich kann mich doch gar nicht richtig freuen, weil ich Mama und Papa so vermisse."

Adeline zog Paul an sich. „Das verstehe ich gut. Und Gott versteht das bestimmt auch. Ich bin jedenfalls sehr froh darüber, dass wir beide uns haben und nicht alleine Weihnachten feiern müssen. Meinst du, du kannst dich darüber auch ein bisschen freuen?"

Paul blickte zu ihr auf und nickte ernst. „Ich finde es auch schön, dass du da bist. Und dass Mama und Papa sich keine Sorgen um mich zu machen brauchen, weil du auf mich aufpasst."

Ja, sie würde für Paul da sein, jetzt, wo seine Eltern es nicht mehr konnten. Und Gott würde auf sie beide aufpassen, dessen war sie sich sicher. Auch wenn die Feiertage vorüber waren und der Alltag wieder einkehrte. Adeline wusste nicht, was das neue Jahr bringen würde, aber sie wusste, dass sie ihr Leben – und das von Paul – ihm anvertrauen durfte, weil er seine Kinder so unendlich liebte.

Der Raureif umhüllte weiß die kahlen Buchen auf dem Hövt, als die Nachricht vom Tod der Kaiserin Göhren erreichte. Gerade erst, am Epiphaniasfest, hatte Adeline den Weihnachtsschmuck abgehängt und Strohsterne und Weihnachtskugeln wieder in Seidenpapier gewickelt und in Kartons verstaut. Jetzt kam es ihr vor, als wäre die Welt noch um einen leuchtenden Stern ärmer geworden. Obwohl sie auf die Todesnachricht aus der Hauptstadt gefasst gewesen war, spürte sie doch eine unerwartete Leere in ihrem Innern. Und auch wenn sie hier auf Rügen eine Heimat gefunden hatte, hing sie doch sehr an Augusta, die ihr in vielerlei Hinsicht wie eine Mutter gewesen war.

Adeline starrte auf die Depesche, die der Postbote ihr überbracht hatte, und erinnerte sich an ihren ersten Tag als Hofdame im kaiserlichen Schloss, als sie der Monarchin zum ersten Mal begegnet war. Wie herzlich und freundlich Ihre Majestät doch gewesen war! Es hatte Adeline immer beeindruckt, wie sehr Augusta sich für die politischen Geschäfte ihres Mannes, Wilhelms I., interessiert hatte und wie sehr sie sich immer für Not leidende Menschen in der Hauptstadt und im ganzen Kaiserreich eingesetzt hatte. Schwerfällig erhob sie sich vom Küchenstuhl, auf den sie gesunken war, nachdem sie das Telegramm gelesen hatte. Sie musste ihren Koffer packen und sich unverzüglich auf den Weg nach Berlin machen, um rechtzeitig zu dem offiziellen Staatsakt und den Begräbnisfeierlichkeiten einzutreffen. Sie faltete das Papier zusammen und schob es in ihre Rocktasche.

In diesem Augenblick öffnete sich die Küchentür und Paul kam aus dem Nebenzimmer herein, wo sie ihn in ein Buch vertieft zurückgelassen hatte.

„Warum siehst du denn so traurig aus, Tante Adeline?“, fragte er besorgt.

Sie streckte den Arm aus und nahm seine Hand. „Weißt du noch, wie ich dir von Berlin erzählt habe und vom kaiserlichen Schloss dort?“

Paul nickte.

„Und ich habe dir auch erzählt, dass ich Hofdame bei Kaiserin Augusta war und sie auf ihren Reisen begleitet habe, nicht wahr? Gerade habe ich erfahren, dass die Kaiserin gestorben ist. Und jetzt bin ich traurig, weil ich sie sehr gern hatte.“

Paul schlang seine dünnen Arme um ihre Taille. „Dann tröste ich dich, Tante. So wie du mich getröstet hast, als Mama und Papa gestorben sind.“

Adeline spürte, wie ihr die Tränen kamen. „Das ist sehr lieb von dir, Paul.“ Sie blinzelte die Tränen fort und lächelte. „Und jetzt kannst du mir helfen, indem du zu Herrn Andresen gehst und ihn bittest, eine Kutsche mit Fahrer zu besorgen, die mich nach Stralsund bringt. Ich muss heute noch nach Berlin abreisen."

Paul sah zu ihr hoch. „Meinst du, ich kann irgendwann mal mit dir nach Berlin fahren? Ich war noch nie in einer so großen Stadt, und es ist dort bestimmt ganz aufregend." Adeline war froh, dass in seinen Augen wieder Freude leuchtete.

„Irgendwann werden wir zusammen dorthin fahren, mein Schatz. Aber diesmal kann ich dich nicht mitnehmen. Die Andresens werden sich um dich kümmern, während ich fort bin. In zwei Wochen bin ich bestimmt wieder da." Sie legte dem Jungen kurz den Arm um die Schultern. Dann sagte sie: „Und jetzt lauf schnell zum Heim hinüber und sag Herrn Andresen Bescheid."

Paul nahm seine Jacke vom Haken neben der Haustür, riss sie auf und rannte los. Adeline blickte ihm nach. Sie wusste, dass der Junge während ihrer Abwesenheit bei dem gutmütigen Ehepaar Andresen gut aufgehoben war. Aber sie hatte sich schon so daran gewöhnt, den Jungen um sich zu haben, dass sie ihn vermissen würde. Sie seufzte und machte sich daran, ihren Koffer zu packen.

Es hatte schließlich doch länger gedauert, bis Adeline nach Rügen zurückkehren konnte. Nach dem Tod der Kaiserin hatten ihre Hofdamen Totenwache gehalten, und im Anschluss an die Beisetzung der Monarchin, die neben ihrem erst vor zwei Jahren verstorbenen Mann beigesetzt worden war, gab es noch viel zu regeln, bevor Adelines Dienste am kaiserlichen Hof für immer beendet waren.

Die Anteilnahme der Berliner Bevölkerung war bewegend gewesen, als der Trauerzug sich während des Staatsbegräbnisses langsam zum Mausoleum im Schlosspark Charlottenburg bewegt hatte. Viele, vor allem arme Menschen, hatten Augusta verehrt, auch wenn sie von den politischen Amtsträgern manchmal belächelt oder rundheraus kritisiert wurde. Die Kaiserin hatte sich für das Wohl der einfachen Menschen eingesetzt, hatte höchstpersönlich in Krankenhäusern bei der Pflege von Verletzten geholfen und sich um die Verbesserung der medizinischen Behandlung gekümmert. Für Adeline war es ein trauriger Tag, an dem sie ihre Kaiserin zu Grabe getragen hatte.

Als ihre Kutsche sich jetzt der Halbinsel Mönchgut näherte, wurde ihr Herz jedoch wieder froh. Es war ein gutes Gefühl, nach Hause zu kommen, und so gerne sie Ihrer Majestät auch zur Seite gestanden hatte, war sie doch dem Leben bei Hofe immer mehr entfremdet gewesen. Die kaiserliche Welt des Reichtums und der Macht war einfach zu weit von dem einfachen, harten Leben „ihrer“ Ostseefischer entfernt.

Paul kam ihr schon entgegengerannt, als sie auf ihr Haus zuging. Adeline ließ ihre Tasche fallen, breitete die Arme aus und drückte den schlaksigen Jungen an ihr Herz. „Mensch, Paul, du bist ja gewachsen!“, rief sie.

Tatsächlich war es, als hätte der inzwischen Zehnjährige in den letzten Wochen einen richtigen Schuss in die Länge getan. Er erwiderte ihre Umarmung, und es tat gut, eine solche Wiedersehensfreude in seinen sonst so ernsten Zügen zu sehen. „Tante Adeline! Gut, dass du wieder da bist – du musst mir alles von Berlin erzählen!“

„Langsam, langsam“, erwiderte sie lachend. „Lass mich zuerst ankommen. Ich mache uns einen Tee, und dann kannst du mir erst einmal sagen, was in den letzten Wochen hier passiert ist. Ich hoffe, es sind nur gute Neuigkeiten.“

Paul lief vor ihr ins Haus. „Ach, hier war nicht viel los. Nur einmal hat Herr Andresen sich fast geprügelt!“

Adeline hatte die Haustür hinter sich zugemacht und zog jetzt die Augenbrauen hoch. „Herr Andresen? Bist du sicher? Der Mann kann doch keiner Fliege etwas zuleide tun.“

„Das hat er ja auch nicht. Aber der andere Mann hat ihn geschlagen, und da musste er sich doch verteidigen!"

Adeline ließ ihren Mantel von den Schultern gleiten und hängte ihn an einen der Haken neben der Tür. „Na ja, das könnte man auch anders sehen. Schließlich hat der Herr Jesus gesagt, wir sollen auch die andere Wange hinhalten, wenn uns jemand schlägt, nicht wahr?"

Paul nickte. „Das schon, aber der Mann hat ihn richtig doll bedroht – und uns alle. Er hat gesagt, wir könnten uns auf etwas gefasst machen. War es da nicht richtig, dass Herr Andresen ihn verjagt hat?"

Adeline blickte nachdenklich drein. „Vielleicht hätte er besser die Polizei geholt. Wer war denn dieser Mann, der die Drohungen ausgestoßen hat?"

„Ich weiß nicht, wie er heißt, aber ihm gehört ein Wirtshaus in der Stadt."

Brommer war also wieder da gewesen. Vielleicht sollten sie sich wirklich an die Ordnungshüter wenden, damit der Wirt von der Pension Mönchgut wegen seiner Drohungen eine Verwarnung erhielt. Der für Göhren zuständige Polizeibeamte war Adeline und ihrem Seemannsheim recht wohlgesinnt. Denn die Zahl gewalttätiger Zwischenfälle in der Stadt war deutlich zurückgegangen, seit die Fischer sich abends in Adelines Fischerstube aufhielten.

„Und wie war es in Berlin, Tante Adeline?", drängte Paul. „Erzähl mir doch, was du da erlebt hast!"

Adeline sah den Jungen an und stellte lächelnd die gefüllte Teekanne auf das Stövchen, das auf dem Küchentisch stand. „Also gut. Wo soll ich anfangen?"

Die Stunden vergingen wie im Flug, während Adeline vom Hof erzählte, von dem feierlichen Trauerzug durch die Stadt und von den berittenen Soldaten in ihren Uniformen. Paul hörte mit leuchtenden Augen zu, als sie von einer Welt erzählte, die er nur vom Hörensagen kannte. Es war schon spät, als sie schließlich die

Lichter im Haus löschten und jeder unter seine Bettdecke kroch. Adeline war von der Reise so müde, dass sie nur noch wenige Verse in ihrer Bibel las, bevor ihr die Augen zufielen. Die frische Seeluft tat ihr Übriges und sie war sicher, dass sie tief und fest schlafen würde.

Irgendwann ließ ein Geräusch sie aus dem Schlaf hochfahren. Adeline wusste nicht, wie spät es war, aber sie hatte das Gefühl, noch nicht lange geschlafen zu haben. Sie lauschte in die Dunkelheit, aber jetzt war alles still. Nur der Wind, der um das Haus heulte, war zu hören. Nach einer Weile sank Adeline auf ihr Kissen zurück und schloss die Augen. Sie war gerade dabei, wieder einzuschlafen, als das Geräusch erneut ertönte. Diesmal zog Adeline ihren Morgenmantel vom Fußende des Bettes und legte ihn um ihre Schultern, bevor sie die Füße aus dem Bett streckte und in ihre Schuhe schob. Sie erhob sich von der Bettkante und ging leise zum Fenster, wo sie die Vorhänge zurückzog und in die Dunkelheit hinausstarrte. Nichts war zu sehen. Sie stand einen Augenblick lang still und lauschte wieder.

Da! Ein Knacken wie von Reisig direkt unter ihrem Schlafzimmerfenster. Vielleicht war es ein Hund, der nachts durch die Gegend streunte. Aber jetzt war das Geräusch wieder verstummt.

Das Fenster knarrte ein wenig, als sie es öffnete, aber das Knacken war nicht mehr zu hören. Sie ließ ihren Blick durch die nächtliche Landschaft schweifen, aber der Himmel war wolkenverhangen, sodass sie kaum etwas erkennen konnte. Doch dann erstarrte sie. Nur eine Sekunde lang hatte sie die Umrisse einer menschlichen Gestalt gesehen, die sich geduckt von ihrem Haus entfernte. Sie hörte leiser werdende Schritte und erkannte jetzt eine zweite Person. Dann waren beide verschwunden.

Adelines Herz schlug ihr bis zum Hals, während die eisige Februarluft durch das Fenster drang, und sie zog unwillkürlich den Morgenmantel über ihrer Brust zusammen. Sie war nicht ängstlich, aber der Gedanke, dass jemand mitten in der Nacht um ihr Haus schlich, beunruhigte sie. Diese Leute hatten wohl kaum etwas Gutes im Sinn. Adeline überlegte, was sie tun sollte. Sie horchte noch einmal in die kalte, finstere Nacht hinaus, konnte aber nichts mehr hören. Auch die Silhouetten der beiden nächtlichen Besucher waren nicht mehr zu sehen, und das Seemannsheim lag still und friedlich da. Gerade wollte sie das Fenster schließen, als sie einen schwachen Lichtschein hinter der Fischerstube zu sehen glaubte. Sie lehnte sich aus dem Fenster, und jetzt drang auch ein leichter Rauchgeruch herüber.

Adeline erstarrte. Dann wurde ihr bewusst, woher der orangefarbene Lichtschein kam. Feuer! Ihr Seemannsheim brannte!

„Paul!“ Adeline riss die Tür zur kleinen Kammer auf. „Paul, schnell! Hol deine Jacke! Das Heim brennt! Wir müssen die Männer warnen!“

Der Junge setzte sich schlaftrunken auf und rieb sich die Augen. Doch gleich darauf war er hellwach. Er sprang aus dem Bett, zog schnell seine Schuhe an und nahm sich nicht einmal die Zeit, die Schnürsenkel zuzubinden. Er warf sich seine Jacke über, und wenige Sekunden später hatte er die Haustür aufgerissen und war hinausgelaufen. Adeline folgte ihm, so schnell sie konnte, auf dem vom Regen aufgeweichten Weg.

Je näher sie dem Seemannsheim kamen, desto stärker wurde der Rauchgestank. Jetzt züngelten die ersten Flammen hinter dem Gebäude hervor. Das Feuer hatte offenbar in einem Heuhaufen auf der Rückseite begonnen, aber der Wind stand günstig, und es sah so aus, als hätten die Flammen noch nicht auf das Seemannsheim übergegriffen.

„Paul!“ Der Junge blieb nicht stehen, sondern wandte sich im Laufen zu Adeline um, als er sie rufen hörte. „Paul, du musst in die Stadt laufen und die Feuerwehr alarmieren! Schnell, lauf! Ich wecke die Männer auf.“

Paul nickte nur und bog in Richtung Straße ab, die in den Ortskern führte, während Adeline weiterlief, bis sie das Seemannsheim erreicht hatte. Mit beiden Fäusten hämmerte sie an die Fenster und lief dann zur Tür. „Aufwachen! Es brennt!“ Sie war ganz außer Atem, als sie die Tür aufriss. „Wacht auf! Ihr müsst euch in Sicherheit bringen, bevor das Haus in Flammen aufgeht!"

Die ersten Fischer kamen aus dem Nebenraum, in dem sich ihr Matratzenlager befand, und griffen nach ihren Jacken.

„Wo brennt es denn?"

Adeline zeigte auf eines der Fenster, die nach hinten hinausgingen. Der orangefarbene Lichtschein flackerte vor dem schwarzen Nachthimmel.

„Hinterm Haus. Schnell, wir müssen das Feuer löschen, bevor es auf das Haus übergreift." Adeline war den Tränen nahe. Sie konnte doch nicht zusehen, wie ihr Lebenswerk in Flammen aufging!

„Kommt mit", forderte der Mann die anderen auf, die jetzt aus dem Nebenraum zu ihnen gestoßen waren. „Sie bleiben hier, Gräfin", sagte er dann zu Adeline gewandt, „damit Ihnen nichts passiert. Wir kümmern uns schon darum. Los, Leute! Jan, du holst Eimer aus der Küche."

Die Männer rannten hinaus, und jetzt spürte Adeline, wie ihre Knie unter ihr nachgaben. Sie sank auf einen Stuhl und starrte auf ihre zitternden Hände. *Oh Gott, bitte beschütze sie*, betete sie inbrünstig. *Bitte lass nicht zu, dass dein Werk hier zu Schaden kommt.* Sie konnte nicht stillsitzen, während die Fischer sich draußen bemühten, den Brand zu löschen. Sie hörte, wie Hans, der Anführer der Truppe, hinter dem Gebäude Befehle erteilte, denen keiner widersprach. „Mattes, fang an zu pumpen, und ihr anderen bildet eine Kette. So ist es gut. Schneller! Sorgt dafür, dass die Hauswand richtig nass ist – weiter, wir brauchen noch mehr Wasser. Gut so, Jungs."

Adeline raffte sich auf und trat an das hintere Fenster, vor dem die roten Flammen tanzten. Sie meinte die Wärme des Feuers durch die Scheibe hindurch zu spüren, und der Ruß sprenkelte schwarz das Glas, während mit den Befehlen auch der Rauch durch die Ritzen drang.

Es kam ihr vor wie eine Ewigkeit, bis die Flammen kleiner wurden und schließlich ganz erloschen. Einer nach dem anderen kamen die Männer herein, verschwitzt und vom Ruß geschwärzt, aber guter Dinge.

„Das war knapp, Gräfin", sagte Jan Weller, ein drahtiger junger Bursche, zu Adeline. „Gut, dass Sie so schnell hier waren."

In der Ferne erklang eine Glocke – Paul hatte offenbar die Leute in der Feuerwache alarmiert. Bald darauf waren Stimmen zu hören und das Quietschen der Feuerspritze, die von mehreren Freiwilligen gezogen wurde. Adeline eilte zur Tür und wich zurück, als der Gestank nach Ruß und Rauch ihr entgegenschlug.

„Vielen Dank, dass Sie gekommen sind, meine Herren", wandte sie sich an die Feuerwehrleute, die langsamer wurden, als sie sahen, dass die Lage unter Kontrolle zu sein schien. „Aber die Männer hier konnten den Brand bereits löschen."

„Wir müssen uns den Brandherd trotzdem ansehen, Gräfin", sagte der Hauptmann mit einem zweifelnden Blick auf die abgerissenen Fischer.

„Natürlich." Adeline und Hans Hansen, der die Löschaktion erfolgreich geleitet hatte, begleiteten den Feuerwehrmann hinter das Gebäude. Die Rückwand war vom Ruß schwarz gefleckt und an einigen Stellen ein wenig angesengt, aber im Großen und Ganzen noch intakt. Adeline seufzte erleichtert, als sie sah, dass der Schaden sich in Grenzen hielt. Doch dann fielen ihr die beiden Gestalten wieder ein, die sie um ihr Haus hatte schleichen sehen.

„Herr Hauptmann?", wandte sie sich an den bärtigen Mann. Der war gerade dabei, mit einer Laterne in der Hand den niedergebrannten Heuhaufen abzusuchen und sich zu vergewissern, dass es nicht noch versteckte Glut irgendwo gab, die vom Wind erneut angefacht werden konnte. Er wandte sich zu ihr um.

„Ich habe vorhin zwei Gestalten vor meinem Haus gesehen. Ich war von einem Geräusch wach geworden und habe deshalb draußen nachgesehen, sonst hätte ich das Feuer gar nicht bemerkt."

„Hm“, machte der Feuerwehrmann. „Jetzt im Dunkeln können wir keine weiteren Untersuchungen anstellen, aber morgen früh kommen wir mit Polizeiwachtmeister Bernhard wieder. Dann werden wir sehen, ob wir Hinweise auf Brandstiftung finden. Und ob diese geheimnisvollen Gestalten irgendwelche Spuren hinterlassen haben.“

Adeline nickte nur. Sie war erschöpft von der Aufregung und der Sorge um ihre Fischer und um ihr Seemannsheim. Sie verabschiedete sich von dem Hauptmann und seinen Helfern und ging mit schweren Schritten in den großen Saal zurück, wo die Männer sich versammelt hatten und über die Ereignisse sprachen. Als sie eintrat, erhob sich einer der Männer.

„Also, Frau Gräfin, wir glauben, dass jemand das Feuer absichtlich gelegt hat – weil die Leute uns hier nicht wollen. Die Göhrener wollen uns verjagen – und Sie.“

Adeline ließ sich an einem der langen Holztische nieder und nickte nachdenklich. „Wissen Sie was, Herr Weller? Sie haben recht. Die Leute hier im Ort sind immer noch gegen uns. Und sie hätten nichts dagegen, wenn wir unsere Sachen packen und gehen würden. Aber wir dürfen niemanden vorschnell verdächtigen. Sonst sind wir auch nicht besser als die anderen. Schließlich hat Christus gesagt, dass wir unsere Nächsten lieben sollen – und die Menschen von Göhren sind unsere Nächsten, auch wenn sie das nicht wahrhaben wollen.“ Sie lächelte tapfer. „Und außerdem wissen wir: Auch wenn alle gegen uns sind, gibt es doch jemanden, der für uns ist.“

Einige der Männer nickten. „Sie meinen Gott, richtig?“, fragte einer.

„Ja, den meine ich. Er hat uns heute beschützt, und ich werde nicht aufgeben, weil ich weiß, dass dieses Haus, diese Gemeinschaft und diese Arbeit sein Wille sind.“ Sie erhob sich mühsam. „So, und jetzt können wir wieder schlafen gehen, es sind noch ein paar Stunden bis Tagesanbruch. Gute Nacht – und danke für alles.“ Ihre Stimme zitterte, als sie diese Worte sagte, und die Männer blickten verlegen zu Boden. Wie sie diese raubeinigen, aber herzensguten Menschen doch liebte!

Mit einem Mal fühlte Adeline eine unendliche Müdigkeit in jeder Faser ihres Körpers. Es kam ihr vor, als könnte sie keinen Fuß mehr vor den anderen setzen, so erschöpft war sie. In den vergangenen Wochen und Monaten waren ihre Gefühle wie in einem Sturm auf hoher See hin und her geworfen worden. Erst hatte sie Paul helfen müssen, den Verlust seiner Eltern zu verkraften, dann hatte sie ihre geliebte Kaiserin Augusta zu Grabe getragen, und jetzt waren sie und die anderen nur knapp einer Katastrophe entronnen. Adeline war so lange so stark gewesen. Aber nach all den dramatischen Ereignissen und dem Kummer sehnte sie sich zum ersten Mal danach, die Arbeit jemand anderem zu überlassen, die Verantwortung abzugeben und einfach eine Frau wie jede andere zu sein. Nach außen war sie immer mutig und selbstbewusst, aber innerlich fühlte sie sich in diesem Augenblick wie ein hilfloses Kind, das völlig überfordert war.

Sie spürte, wie sich eine schmale Hand tröstend in ihre schob, und als sie Paul und seinen mitfühlenden Blick sah, liefen die Tränen über ihre Wangen. Sie schlang die Arme um den schlaksigen Jungen, der ein wenig ungelenk ihre Umarmung erwiderte, und weinte, bis alle Tränen versiegt waren.

Adeline atmete tief durch, und auch wenn ihr Atem noch etwas zitternd ging, fühlte sie sich jetzt wie befreit. Es hatte gut getan, ihren Gefühlen endlich freien Lauf zu lassen. Zu viel hatte sich in ihr angestaut, zu oft hatte sie ihre eigenen Bedürfnisse und Empfindungen bei ihrem Einsatz für andere beiseitegeschoben – in dem geschäftigen Treiben am kaiserlichen Schloss, im Kampf um die Zukunft ihres Seemannsheimes, bei der Fürsorge für den verwaisten Paul Frerich. Jetzt hatte er ihr etwas von dem Trost zurückgegeben, den er von Adeline empfangen hatte. Sie war froh, dass sie mit ihm jemanden hatte, den sie lieben konnte und der ihre Liebe erwiderte.

Sie streichelte Paul, der den Kopf an ihre Schulter gelehnt hatte und eingeschlafen war. Dann weckte sie den Jungen sanft. „Paul, wach auf. Wir gehen heim. Dort kannst du weiterschlafen."

Paul nickte und öffnete mühsam die Augen, während er aufstand. Adeline legte den Arm um seine Schultern und trat mit ihm in die stürmische Februarnacht hinaus.

Der Wind hatte die Rauchschwaden inzwischen vertrieben, aber es roch immer noch nach Qualm und Ruß. Morgen würde die Polizei den Brandherd untersuchen und feststellen, ob es sich bei dem Feuer um Brandstiftung handelte. Aber Adeline machte sich kaum Hoffnungen, dass sie die Schuldigen finden würden – und selbst wenn, würden sie wahrscheinlich mit einer Verwarnung davonkommen, weil kein größerer Schaden angerichtet worden war. Die Göhrener würden alles tun, um ihre eigenen Leute zu decken. Und dass es jemand aus dem Ort war, der hier herumgeschlichen war und diesen Anschlag verübt hatte, daran hatte Adeline keinen Zweifel. Zu oft hatte es schon Auseinandersetzungen mit den Gastwirten und Ladeninhabern gegeben, und die Drohungen, von denen Paul ihr bei ihrer Rückkehr erzählt hatte, sprachen ihre eigene Sprache.

Nein, sie würde weiterkämpfen müssen. Aber sie wusste, dass sie in ihrem Kampf nicht allein war. Sie hatte Verbündete, die an ihrer Seite standen, was auch immer geschah: Die Andresens, die sich mit ihrem gütigen Wesen nicht nur um die Fischer, sondern auch um Adeline und Paul kümmerten. Der Junge, der ihr vertraute und ihr Gesellschaft leistete, wenn die Einsamkeit sie überfiel. Und vor allem Gott, der in dieser Nacht seine schützende Hand über sie alle gehalten hatte.

Trotz des langen, aufregenden Tages und ihrer Müdigkeit lag Adeline eine ganze Weile wach, während die Ereignisse noch einmal in allen Einzelheiten vor ihrem geistigen Auge abliefen. Als der erste Hahn in der Nachbarschaft krähte, fiel sie endlich in einen unruhigen Schlaf und wachte erst auf, als die Sonne an einem wolkenlosen Winterhimmel aufging.

„Jemand hat es auf die Gräfin abgesehen!", keuchte Ewald, als er durch die Tür in die Diele gerannt kam. Er blieb vornübergebeugt stehen, die Hände auf die Knie gestützt, um wieder zu Atem zu kommen. „Der Paul hat es mir erzählt."

Annegret Lüder blickte von ihrer Wäsche auf und sah ihren Ältesten erschrocken an. „Was ist denn passiert?"

„Jemand wollte das Fischerheim anzünden – jedenfalls glauben das alle. Aber die Gräfin hat es gerade noch rechtzeitig gemerkt und Jan und die anderen, die drüben schlafen, haben das Feuer gelöscht."

„Ach, du liebe Güte! Ist denn jemand verletzt worden?"

Ewald schüttelte den Kopf. „Aber das Haus ist hinten ganz schwarz, und die Büsche sind angesengt." Seine Augen leuchteten, als er erzählte. Annegret konnte es ihm nicht verdenken, denn für Jungen wie ihn waren solche dramatischen Ereignisse ein seltenes Abenteuer – und es war ja niemand zu Schaden gekommen.

„Vater und ich haben beim Aufräumen geholfen", sagte Ewald stolz. „Er kommt auch gleich."

Annegret hörte schon die schweren Schritte ihres Mannes vor der Tür, und gleich darauf betrat Franz die Diele. Er streifte seine dicke Jacke ab und ließ sich auf einen Stuhl fallen. Müde sah er aus. „Na, das ist noch mal gut gegangen mit der Fischerstube. Beinahe wären die Städter uns endgültig losgeworden." Er fuhr sich mit der großen, schwieligen Hand über das bärtige Gesicht. „Ich wusste ja erst auch nicht, was ich von der Gräfin halten sollte, aber so verkehrt ist die gar nicht."

Annegret lächelte. Es klang vielleicht nicht wie ein Lob. Aber aus dem Munde ihres Mannes war diese Bemerkung ein Beweis höchster Anerkennung.

„Und Mumm hat sie!", warf Ewald ein. „Sie ist mitten in der Nacht rausgelaufen und hat geguckt, wo es brennt." Offenbar war er von der entschlossenen Tatkraft ihrer adligen Wohltäterin schwer beeindruckt.

Annegret musste ihm recht geben. Die Gräfin Schimmelmann war eine mutige Frau. Die Fischer waren grobe Gesellen, das wusste Annegret aus eigener Erfahrung, und normalerweise machten feine Damen einen großen Bogen um sie und ihre Familien. Doch die Gräfin ließ sich von dem rauen Umgangston nicht einschüchtern und war sich auch nicht zu schade, selbst mit anzufassen, wenn es Arbeit gab. Natürlich hatte die Gräfin nie am eigenen Leib erfahren, was Armut war, aber sie hatte das Herz am rechten Fleck, und sie scheute sich auch nicht, sich mit den Gastwirten der Stadt anzulegen oder anderen Kritikern, die ihr das Leben schwer machten. Annegret hoffte nur, dass sie sich nicht von den handfesten Drohungen in die Flucht schlagen ließ. Ob es wirklich Brandstiftung gewesen war? Sie schüttelte den beängstigenden Gedanken ab, während sie in die kleine Küche ging und mit beiden Händen den schweren Topf packte, der auf dem Herd stand.

„Ewald, sag Lieschen, sie soll die Löffel holen. Die Suppe ist fertig.“

Versuchungen

An einem warmen Sommermorgen Anfang August stand Adeline auf der Anhöhe hinter ihrem Haus und blickte aufs Meer hinaus. Es war ein diesiger Tag, wie es sie an der See nicht oft gab, und die Sonne mühte sich nach Kräften, den Dunst zu vertreiben, der über dem Göhrener Südstrand lag. Adeline zählte die Kutter, die vertäut am Ufer lagen, fast neunzig Boote. Die Fischer waren damit beschäftigt, ihre Netze zu flicken. Eine ruhige, heitere Atmosphäre herrschte an diesem Vormittag, und man hätte meinen können, die Fischerei an der Ostsee wäre eine ungetrübte Idylle. Doch wer wie Adeline die Schicksale dieser Menschen kannte, wer die Not vieler Familien gesehen und miterlebt hatte, welch rauer Wind den Fischern nicht nur auf See, sondern auch an Land unter den Städtern entgegenwehte, der wusste, dass dieses Bild trog. Die Menschen hier waren für jede Atempause dankbar, für jeden Tag, an dem das Leben es gut mit ihnen meinte, für jedes freundliche Wort, das man ihnen sagte.

Adeline kniff die Augen zusammen. Am Horizont war ein Schiff aufgetaucht – der Dampfer aus Sassnitz, der Reisende nach Mönchgut brachte und hier in Göhren anlegte. Jeden Sommer kamen mehr Menschen auf die Halbinsel, neue Hotels wurden gebaut, zusätzliche Pensionen und Cafés öffneten und versprachen den Badegästen einen erholsamen Aufenthalt auf Rügen.

An diesem Tag befand sich jedoch ein besonderer Passagier auf dem Dampfer. Gerade einmal viereinhalb Jahre war es her, dass er und eine seiner Predigten der Gräfin und kaiserlichen Hofdame den entscheidenden Anstoß gegeben hatten, ihr Leben in Gottes Dienst zu stellen. Viereinhalb Jahre nur, doch in dieser Zeit war so viel geschehen, dass es Adeline wie eine halbe Ewigkeit vorkam. Sie dachte an jenen Abend im Februar 1886 zurück, als Otto Funcke seine Zuhörer so leidenschaftlich dazu aufgerufen hatte, den Weg zu gehen, den Gott für sie bereit hielt, die Herausforderung anzunehmen und den eigenen Willen dem Willen Gottes unterzuordnen. Das hatte Adeline getan, und sie hatte es nicht bereut, auch wenn das Leben, das sie gewählt hatte, alles andere als leicht war. Damals in Berlin hatte sie nicht geahnt, wie beschwerlich und befriedigend zugleich ihr Weg sein würde. In den Jahren seit diesem Erlebnis einer persönlichen Berufung hatte sie keinen Kontakt mehr zu Otto Funcke gehabt, und sie war gespannt, was er zu ihrer Arbeit sagen würde. Aber es würde noch eine Weile dauern, bis der Dampfer am Südstrand anlegte und ihren Gast an Land brachte, und so ging sie ins Haus zurück.

Als sie zwei Stunden später zum Küchenfenster hinausschaute, sah sie, wie der groß gewachsene, hagere Mann sich den steilen Weg vom Strand heraufmühte. Adeline hatte gerade das Geschirr vom Mittagessen abgewaschen und fortgeräumt. Jetzt trocknete sie sich die Hände, bevor sie zur Tür ging, um Pastor Funcke willkommen zu heißen.

„Meine liebe Gräfin!“ Der ältere Mann war ein wenig außer Atem, aber er freute sich ganz offensichtlich, Adeline zu sehen.

Sie streckte beide Arme aus und ergriff Funckes Hände. „Herzlich willkommen in meinem kleinen Heim. Ich freue mich sehr, dass Sie den Weg hierher gefunden haben, Herr Pfarrer.“

„Oh, es ist mir ein Vergnügen – ich habe ja schon so viel über Sie und Ihr Seemannsheim gehört. Gerade erst an Bord haben die Seeleute von Ihnen geschwärmt.“ Er trat in die schlichte Küche ein und nahm dankbar auf dem Stuhl Platz, den Adeline ihm anbot. „Es ist eine Ehre für mich, eine so eifrige Mitstreiterin Gottes zu besuchen.“ Er kramte ein Taschentuch hervor und tupfte sich die Stirn ab.

„Darf ich Ihnen eine kalte Limonade anbieten?“, fragte Adeline.

Als der Geistliche das Angebot dankbar annahm, holte sie den Krug aus dem Schrank unterm Fenster und füllte zwei Gläser. „Wissen Sie eigentlich“, sagte sie, als sie beide sich am Küchentisch gegenübersaßen, „dass Sie der Grund sind, warum ich hier bin?“

Funcke sah sie erstaunt an. „Das hatten Sie in Ihrem Brief schon angedeutet – aber wie kann das sein?“

Adeline erinnerte ihn an den denkwürdigen Teeabend vor viereinhalb Jahren, bei dem sie den Entschluss gefasst hatte, den Menschen Gottes Liebe zu bringen. Otto Funcke nickte.

„Ja, jetzt erinnere ich mich. Sie sind nach dem Vortrag zu mir gekommen und haben mir gedankt. Aber ich wusste nicht, dass meine Worte bei Ihnen auf so fruchtbaren Boden gefallen sind. An solchen Abenden gehen viele Menschen mit guten Vorsätzen nach Hause, aber wenn der Alltag sie einholt, verliert sich die Begeisterung oft.“

Adeline nickte lächelnd. „Das kann ich mir gut vorstellen. Es ist ja auch nicht immer einfach, Gottes Wege zu gehen, nicht wahr?“

„Und doch haben Sie es getan – und tun es noch. Das ist bewundernswert.“

Adeline machte eine abwehrende Handbewegung. „Ach, wissen Sie, meine Arbeit hier ist ja gar nicht so selbstlos, wie sie scheinen mag. Natürlich gibt es die eine oder andere Rauferei unter den Fischern, und die Göhrener sind uns im Allgemeinen nicht sehr wohlgesinnt. Aber dafür bekomme ich so viel Zuneigung von diesen Menschen zurück, dass ich manchmal denke, ich bin eigentlich diejenige, die den meisten Grund zum Danken hat.“ Sie blickte nachdenklich aus dem Fenster zum Haupthaus hinüber.

„Tante Adeline!“, rief eine Jungenstimme vor dem Haus, und Adeline und der Pastor wandten sich zur Tür um. Die öffnete sich gleich darauf, und Paul stürzte mit zerzausten Haaren und roten Wangen herein, in der Hand einen großen Fisch. Seine dünnen Beine ragten aus kurzen Hosen hervor und die Knie waren schmutzig. „Guck mal diesen riesigen Fisch an! Der Jan und der Hans haben ihn uns geschenkt, für unser ...“ Paul verstummte, denn jetzt hatte er den Gast bemerkt.

Adeline lachte. „Komm ruhig her, Paul.“ Sie winkte den Jungen zu sich. „Am besten legst du den Fisch ins Becken und wäschst dir die Hände, bevor du den Herrn Pastor begrüßt. Pastor Funcke, das ist Paul – er hat letztes Jahr seine Eltern verloren und ist wie ein Sohn für mich. Und er hilft mir ganz viel bei meiner Arbeit“, fügte sie nicht ohne Stolz hinzu.

Paul wischte sich die Hände hinten an seiner Hose ab und verbeugte sich dann schüchtern vor dem Geistlichen.

„Schön, dich kennenzulernen, mein Junge. Es freut mich, dass du der Gräfin eine Hilfe bist.“

„Wir sind eine richtige kleine Familie geworden, nicht, Paul?“

Der schlaksige Zehnjährige nickte stumm, aber der liebevolle Blick, den er Adeline zuwarf, sprach Bände. Zwischen ihnen hatte sich in den vergangenen Monaten eine enge Verbundenheit entwickelt, und Paul war keineswegs der Einzige, der davon profitierte. Es stimmte, dass der Junge Adeline bei ihrer Arbeit zur Hand ging und half, wo er konnte, aber vor allem war es die Liebe des Kindes, die sie weitermachen ließ, wenn sie erschöpft und mutlos war. Diese Liebe und das Gebet gaben ihr immer wieder neue Kraft.

Gemeinsam gingen sie zum Seemannsheim hinüber, wo Funcke sich beeindruckt zeigte von der freundlichen Atmosphäre, dem zivilisierten Umgang der Besucher miteinander und der gut ausgestatteten Bibliothek.

„Alle Achtung, meine liebe Gräfin“, sagte der Pastor am Ende ihres Rundgangs. „Sie haben eine Menge erreicht, und das ganz allein. Und Sie tun hier wirklich ein segensreiches Werk.“

Adeline lächelte. „Das sehen nicht alle Göhrener so. Vielen wäre es lieber, wenn die Fischer ganz von hier verschwänden. Aber manche sind einfach froh, dass es in der Stadt kaum noch Ärger gibt, weil nur noch selten betrunkene Seeleute durch die Straßen torkeln und Streit suchen. Alles in allem kann ich zufrieden sein, glaube ich. Und die Menschen, die in unser Heim kommen, mögen vielleicht eine raue Schale haben, aber darunter verbirgt sich ein weicher Kern. Sie werden meine Männer heute Abend ja näher kennenlernen – Sie bleiben doch und halten die Andacht für uns? Es wäre gut, wenn sie zur Abwechslung mal eine Ansprache von einem gestandenen Prediger hören könnten anstatt meine laienhaften Auslegungen."

Funcke schüttelte den Kopf. „Das geht leider nicht. Meine Familie erwartet mich heute Abend wieder zurück. Ich muss also mitfahren, wenn der Dampfer wieder ablegt. Aber ich bin davon überzeugt, dass ‚Ihre Männer', wie Sie sie nennen, bei Ihnen in besten Händen sind. Sie brauchen hier keine männliche Unterstützung – und das würde ich nicht zu vielen Frauen sagen", fügte er lächelnd hinzu.

Kurz darauf verabschiedeten Adeline und der Bremer Pastor, der einen so großen Einfluss auf ihre persönliche Entwicklung gehabt hatte, sich herzlich voneinander, bevor Funcke wieder den Dampfer bestieg. Es war nur eine kurze Begegnung gewesen, aber Adeline war froh darüber, dass sie einem Gleichgesinnten von ihrer Arbeit hatte erzählen können. Und ein bisschen machten seine Worte sie auch stolz.

Sie legte den Arm um Pauls Schultern, als sie nebeneinander zu ihrem Haus hinaufgingen. „So, und jetzt kümmern wir uns um deinen Fisch – das wird eine leckere Mahlzeit!"

„Wir fahren nach Berlin! Wir fahren nach Berlin!" Paul sprang vor Aufregung buchstäblich in die Luft, und Adeline musste lachen. Seit sie ihm von der Hauptstadt und vom kaiserlichen Schloss erzählt hatte, träumte der Junge davon, selbst durch die

Straßen Berlins zu laufen, all die großartigen Bauten zu sehen, die Soldaten in ihren Uniformen und die Geschäfte und Cafés in der Straße Unter den Linden.

Und jetzt würden sie tatsächlich nach Berlin fahren. Nach dem Tod der Kaiserin hatte Adeline keine Verpflichtungen mehr bei Hofe, aber natürlich hatte sie viele Bekannte in der Hauptstadt, und außerdem wollte sie sehen, wie sich die Lage in dem Moabiter Gefängnis entwickelt hatte, das sie vor vielen Jahren das erste Mal betreten hatte.

Adeline hatte noch einen anderen Grund für ihre Reise. Im letzten Jahr hatte sie die Fischer, die in den Wintermonaten nur selten fischen konnten, dazu gebracht, einfache Möbel zu bauen. Ihr künstlerisches Talent hatte ihr dabei gute Dienste getan, sodass sie den Männern eigene Entwürfe vorlegen konnte. Ein Schreiner aus Groß-Zicker hatte ihnen am Anfang geholfen, und Adeline hatte aus Stralsund Werkzeug liefern lassen. Einige der Fischer bewiesen bei dieser Tätigkeit ein großes Geschick, und so hatten sie bereits einige hübsche Möbelstücke zugunsten des Seemannsheims verkaufen können. Und jetzt hatte sie die Idee, eine solche Holzwerkstatt auch in Berlin einzurichten. Dort gab es genügend Arbeitslose, die sich auf diese Art etwas zu ihrem Lebensunterhalt verdienen konnten.

Paul war Feuer und Flamme für diesen Plan gewesen, als sie ihm davon berichtet hatte. Er hatte selbst gelernt, bestimmte Schreinerarbeiten zu verrichten, und auch wenn er noch nicht die Kraft eines erwachsenen Mannes hatte, war er geschickt und geduldig und würde ihr eine große Hilfe sein, wenn sie in Berlin eine ähnliche Arbeit begann.

Adeline seufzte. Es gab noch viel zu tun, bevor sie aufbrechen konnten, weil sie einige Monate fort sein würden. Denn von Berlin aus wollten sie nach Dänemark reisen, um den Winter bei Adelines Mutter zu verbringen. Sophie hatte ihre Schwester eindringlich gebeten, so bald wie möglich nach Hause zu kommen, da es ihrer Mutter gar nicht gut gehe. Sie hatte nicht gezögert und Sophie noch am selben Tag geschrieben, sie werde nach einer kurzen Stippvisite in der Hauptstadt umgehend nach Hellebæk reisen. Und sie hatte ihrer Schwester von Paul geschrieben und davon, dass sie vorhatte, den Jungen ganz offiziell zu adoptieren. Noch hatte sie keine Antwort von Sophie erhalten, aber sie war sicher, dass ihre Schwester, die Kinder liebte, auch ihren Paul herzlich in die Familie aufnehmen würde. Nicht so sicher war sie, was die Antwort ihrer Mutter betraf.

Aber es hatte keinen Sinn, sich darüber Sorgen zu machen. Jetzt musste sie erst einmal mit den Andresens sprechen und eine Liste der Arbeiten erstellen, die während der Wintermonate erledigt werden sollten. Dem Pfarrer musste sie ebenfalls Bericht erstatten, damit er von ihrer Abreise Kenntnis erhielt – schließlich war er während ihrer Abwesenheit für die Seelen der Fischer verantwortlich, ob es ihm gefiel oder nicht.

Die nächsten Tage vergingen wie im Flug, und als Adeline und Paul am Montagmorgen in die Kutsche nach Stralsund stiegen, waren sie beide so müde, als hätten sie die Reise schon hinter sich. Es war ein kühler Tag Anfang Oktober, und der Morgennebel hing über den Dünen, als die Kutsche sich in Bewegung setzte. Es fiel Adeline immer schwer, ihr Zuhause hinter sich zu lassen – so empfand sie ihr kleines Haus und ihre Fischerstube, auch wenn sie eine Villa in Dänemark unweit vom Anwesen ihrer Mutter ihr Eigen nannte.

Sie hatte ihre Mutter seit mehr als einem Jahr nicht gesehen und fragte sich, wie schlimm es um ihre Gesundheit tatsächlich bestellt war. Ihre Mutter war es gewohnt, ihren Willen zu bekommen, und wenn sie Adeline sehen wollte, würde sie auch zu drastischen Maßnahmen greifen, damit ihre Tochter nach Hellebæk kam. Adeline traute ihr durchaus zu, dass sie kränker tat, als sie war, um sich die Aufmerksamkeit ihrer Kinder zu sichern.

Aber vielleicht ging es ihrer Mutter ja wirklich nicht gut. Adeline beschloss, dass es nicht gerade von christlicher Nächstenliebe zeugte, ihr Hinterhältigkeit zu unterstellen. Ihre Reise war eine gute Gelegenheit, Paul mit ihrer Familie bekannt zu machen, und sie freute sich ehrlich darauf, Sophie wiederzusehen. Ob ihre Brüder zu Weihnachten auch da sein würden, wusste sie nicht.

„Tante Adeline?"

Sie wandte sich Paul zu, der neben ihr saß und die Nase an der Fensterscheibe platt drückte, um sich ja nichts von dem, was draußen an ihnen vorbeizog, entgehen zu lassen. „Ja?"

„Was machen wir, wenn wir in Berlin sind?"

Adeline lächelte. „Als Erstes steigen wir in einem Hotel ab und schlafen, denn vor dem Abend kommen wir nicht dort an."

„Und morgen?"

„Morgen zeige ich dir das Schloss, in dem ich als Hofdame gewohnt habe. Ich bin dort mit einem wichtigen Mann verabredet."

„Mit dem Kaiser?"

„Nein", sagte Adeline kopfschüttelnd. „Weißt du, was ein Kanzler ist?"

Paul schüttelte den Kopf.

„Das ist ein Politiker, der wichtigste Politiker im Reich. Er ist sozusagen der Vorgesetzte von allen Ministern und Staatssekretären. Als ich bei Hofe gedient habe, war Otto von Bismarck Reichskanzler, aber der neue Kanzler heißt Leo von Caprivi. Er hat Geld für unser Seemannsheim geschickt, und ich möchte mich persönlich bei ihm bedanken."

Paul blickte nachdenklich drein. „Wie wird man Politiker?", fragte er schließlich.

Adeline lächelte. „Viele waren vorher Anwälte oder beim Militär. So wie der Kanzler auch." Sie sah den hochgewachsenen Zehnjährigen an ihrer Seite an. „Möchtest du auch Politiker werden?"

Paul zuckte mit den Schultern. „Ich möchte auf jeden Fall viel reisen. Und ich möchte so viel Geld haben, dass ich anderen Menschen helfen kann, so wie du es tust."

Adeline strahlte ihn an. Der liebe Junge! Manchmal war er für seine Jahre viel zu ernsthaft, aber so war es oft, wenn man schon früh im Leben einen schweren Schicksalsschlag verkraften musste. Und sie war froh, dass Paul durch den Verlust seiner Eltern nicht verbittert oder selbstsüchtig geworden war. Er hatte ein mitfühlendes Wesen und ein Herz, das für andere Menschen schlug.

„Und weißt du was?", sagte er plötzlich, und jetzt grinste er wie jeder andere zehnjährige Junge. „Ich hätte unheimlich gern eine schicke Uniform."

Adeline lachte. „Dann wollen wir mal sehen, was wir tun können."

Paul sog mit leuchtenden Augen alles in sich auf, was er in der Hauptstadt sah. Er war einmal in seinem Leben in Stralsund gewesen, und schon am Anblick des neuen Warenhauses Wertheim hatte er sich kaum sattsehen können. Schier unvorstellbar war für ihn die Auswahl der Krawatten, Taschentücher, Parfümflaschen und Uhren, Handtaschen und Hüte dort gewesen.

Und Berlin war so viel größer und aufregender als die Ostseestadt, dass er abends kaum einschlafen konnte. Während Adeline mit ihm die Stadt erkundete oder ihm die wundervoll ausgeschmückten Räume des kaiserlichen Schlosses zeigte, fragte er ihr Löcher in den Bauch. „Wie hoch sind die Säulen im Thronsaal? Wie viele Kutschen gibt es in Berlin? Wie lang ist die Parade zum Geburtstag des Kaisers? Gibt es bei Hof jeden Tag Schokolade? Sind die Stühle im Teezimmer aus echtem Gold? Wie viele Zimmer gibt es im Schloss? Was isst der Kaiser zum Frühstück?" Adeline schwirrte abends der Kopf, wenn sie in ihrem Hotel ankamen. Aber auch wenn es anstrengende Tage waren, genoss sie es sehr, Paul die Umgebung zu zeigen, in der sie so prägende Jahre ihres Lebens verbracht hatte.

An einem Nachmittag Mitte Oktober gingen sie durch die Friedrichstraße, als sie hinter sich auf dem Kopfsteinpflaster das Klappern von Pferdehufen hörten. Adeline zog Paul automatisch zur Seite und drehte sich um.

„Sieh mal, Tante!“, rief Paul und zeigte mit ausgestrecktem Finger auf eine Gruppe dunkelblau gekleideter Soldaten, die zu Pferd näher kamen. „Sind das Generäle? Sie haben so feine Uniformen an.“ Jetzt erkannte auch Adeline die vertrauten roten Ärmelaufschläge und Kragen, und der Anblick versetzte ihr einen kleinen Stich. Während ihres Berlinbesuchs hatte sie Paul viel von ihrer Tätigkeit bei Hofe erzählt, und unwillkürlich hatte sie auch an die Zeit denken müssen, als sie und Ida von Hohenstein als junge Frauen und frisch gebackene Hofdamen mit den Offizieren getanzt und gelacht hatten. Natürlich waren auch die Erinnerungen an Alexander dabei wieder lebendig geworden, und Adeline hatte überrascht festgestellt, dass sie ihren Herzenskummer selbst nach achtzehn Jahren noch immer nicht ganz verwunden hatte.

„Nein, ein General ist nicht dabei, Paul, aber der Mann ganz vorne ist ein Oberstleutnant, glaube ich.“ Sie zeigte auf den groß gewachsenen, dunkelhaarigen Soldaten, der in seiner Ausgehuniform den anderen Männern voranritt. Und dann stockte ihr der Atem. Nein, das konnte nicht sein! Sicher hatte sie sich getäuscht. Sie hatte in den letzten Tagen zu viel an die alten Zeiten gedacht, da war das leicht zu erklären.

„Tante Adeline? Geht es dir nicht gut?“ Paul zog sie am Ärmel und sie riss sich zusammen. Einen Augenblick lang hatte sie geglaubt, der Soldat auf dem Pferd wäre Alexander gewesen.

„Wie … doch, natürlich, Paul.“

„Du hast gerade geguckt, als hättest du ein Gespenst gesehen.“

Adeline lächelte, aber das Herz schlug ihr noch immer bis zum Hals. „Ja, vielleicht habe ich das“, sagte sie leise.

An diesem Abend war es Adeline, die keinen Schlaf finden konnte. Sie war bestürzt darüber, wie sehr der Vorfall in der Friedrichstraße ihr zugesetzt hatte. Nach allem, was sie in den vergangenen Jahren erlebt hatte, nach der Erfüllung, die sie in ihrer Arbeit gefunden hatte, und im Wissen um die Liebe des Waisenkindes, das sie bei sich aufgenommen hatte, war sie fest davon überzeugt gewesen, dass die Erinnerung an ihre Liebe zu dem jungen Leutnant Alexander von Hohenthal nichts mehr war als das – eine Erinnerung. Und heute hatte sie schon bei dem Gedanken, ihn wiederzusehen, weiche Knie bekommen.

Leise stand Adeline auf, zog ihren Morgenmantel an und legte ihr schweres schwarzes Wolltuch über ihre Schultern, bevor sie sich an den kleinen Schreibtisch in ihrem Zimmer setzte und die zierliche Petroleumlampe, die darauf stand, anzündete. Wenn sie auf Mönchgut war, kam sie nur selten dazu, Tagebuch zu führen, denn wenn sie einmal eine Stunde Muße hatte, um zur Feder zu greifen, warteten zahlreiche unbeantwortete Briefe auf sie, und so füllte sich das kleine, in dunkelrotes Leinen gebundene Buch, das sie gerade auf Reisen immer bei sich hatte, nur langsam. Doch jetzt hatte sie das Bedürfnis, diesem Büchlein ihre geheimsten Gedanken anzuvertrauen – Gedanken, die sie sich selbst kaum eingestehen mochte, die ihr aber keine Ruhe ließen.

Ich bin eine gestandene Frau von achtunddreißig Jahren, begann sie zu schreiben, *und benehme mich wie ein junges Ding von kaum zwanzig. Es ist nicht zu fassen! Und der Anlass? Ich meinte heute bei unserem Gang durch die Berliner Innenstadt Alexander gesehen zu haben. Natürlich war er es nicht, aber die Gestalt des Offiziers zu Pferde erinnerte mich an ihn, die dunklen Locken, die aufrechte Haltung … Wer hätte gedacht, dass mein altes Herz noch so schnell schlagen kann? Es ist lächerlich, dass ich mich durch eine solche Täuschung derart aus der Ruhe bringen lasse.*

Sie hielt inne und ließ den Federhalter sinken. Ob lächerlich oder nicht, sie war offensichtlich nicht so abgeklärt, wie sie gedacht hatte. Morgen würde sie sich mit noch größerem Eifer in die Arbeit stürzen, wenn sie sich die Räumlichkeiten ansah, die ihr für eine Möbelwerkstatt in Aussicht gestellt worden waren. Die arbeitslosen Männer mussten zum Teil angelernt, Entwürfe begutachtet, Materialien beschafft und Werkzeuge gekauft werden. Nein, sie hatte keine Zeit für närrische Erinnerungen.

Morgen ist ein neuer Tag, der die Gespenster der Vergangenheit verscheuchen wird. Es gibt so viel für die Armen hier in der Stadt zu tun, und in wenigen Tagen müssen wir schon nach Dänemark weiterreisen. Also, Gräfin, ans Werk!

Sie lehnte sich auf ihrem Stuhl zurück und lächelte zufrieden. Dann löschte sie das Licht, schob das Tagebuch unter ihr Kopfkissen und kroch wieder unter die Bettdecke. Es dauerte nicht lange, bis ihr die Augen zufielen.

Der nächste Tag verging wie im Flug, während Adeline und Paul in Berlin eine Werkstatt besuchten, in der Arbeitslose Möbel fertigen sollten, und erst als es dämmerte, erinnerte sie sich daran, dass sie an diesem Abend im Schloss zu einem Ball eingeladen war. Sie hatte erst absagen wollen, weil es doch so viel Wichtigeres zu tun gab, aber als sie hörte, dass ihre Freundin Ida in der Stadt war und ebenfalls zu dem Ereignis erwartet wurde, überlegte sie, dass es nicht schaden konnte, wenn sie sich ein wenig unter die feine Gesellschaft der Hauptstadt mischte. Vielleicht konnte sie zusätzliche Unterstützung für ihre Schreinerwerkstatt gewinnen, wenn sie mit den anwesenden Adligen sprach. Außerdem freute sie sich sehr darauf, Ida wiederzusehen. Damals, als sie als Hofdamen der Kaiserin im Schloss gewohnt hatten, waren sie unzertrennlich gewesen, und manchmal vermisste Adeline die Vertrautheit, die sie mit Ida genossen hatte.

Anstatt eines aufwendigen Kleides, wie sie es früher zu den Bällen bei Hofe getragen hätte, wählte Adeline diesmal ein elegantes, aber schlichtes graues Seidenkleid für den festlichen Abend. Der Stoff ließ ihr Haar, das noch immer voll und dunkel glänzte, noch eine Spur üppiger erscheinen, und unter der einfachen Hochsteckfrisur bildeten ihre feinen Züge einen reizvollen Kontrast zu dem von Sonne und Ostseewind sanft gebräunten Teint.

Die erste Stunde des Abends verbrachten Ida und sie damit, in einem Seitenzimmer des Ballsaals zu sitzen, Neuigkeiten auszutauschen und über vergangene Zeiten zu plaudern. Es gab ja so viel zu erzählen, und Adeline genoss es, das liebe Gesicht ihrer Freundin zu sehen und ihre Stimme zu hören. Sie hatten sich immer regelmäßig geschrieben, aber Ida leibhaftig gegenüberzusitzen, war eine besondere Freude.

„Ida! Hier hast du dich also versteckt – ich habe noch gar nicht mit dir getanzt, meine Liebe, wie unverzeihlich. Und dein Mann scheint sich auch aus dem Staub gemacht zu haben."

Adeline erstarrte, als sie die Stimme hörte. Diese Stimme kannte sie nur zu gut, und sie hatte sich kaum verändert. Vielleicht klang der volle Bass noch ein wenig tiefer als früher, aber der charmante, etwas ironische Tonfall war unverkennbar. Wie dumm von ihr, sich so überrumpeln zu lassen! Sie hätte Ida fragen sollen, ob ihr Bruder in Berlin war. Nach dem gestrigen Ereignis hätte sie doch vorgewarnt sein müssen! Aber jetzt war es zu spät, sie konnte nicht mehr fliehen. Mit klopfendem Herzen blickte sie auf, denn sie hatte Angst, ihre Augen könnten sie verraten. Ihr Atem stockte, als sie sein Gesicht sah. „Hallo, Alexander, wie geht es dir?"

Der Oberstleutnant schien wie vom Donner gerührt. Während Adeline damit hatte rechnen können, ihn hier zu sehen, war es für Alexander eine völlig unerwartete Begegnung. Es dauerte einige Augenblicke, bis er sich gesammelt hatte und sich an seine Manieren erinnerte. Das Schweigen, das zwischen ihnen in der Luft hing, fühlte sich unbehaglich an.

„Gräfin Schimmelmann, sehr erfreut", begrüßte er sie dann formvollendet mit ernster Miene und einer kleinen Verbeugung. Doch als er ihre behandschuhte Rechte zum Handkuss an seine Lippen hob und ihr tief in die Augen sah, wurde sein Blick weicher. „Adeline."

Adelines Herz schlug ein wenig schneller, und auf einmal war es so, wie sie es am Abend zuvor ihrem Tagebuch anvertraut hatte. Ein Blick aus diesen ausdrucksvollen blauen Augen, und sie fühlte sich wieder jung und begehrenswert. Zu ihrem Entsetzen musste sie feststellen, dass sie auch wie ein junges Mädchen errötete.

Sie senkte hastig den Blick, doch sie war sicher, dass Alexander die Sehnsucht darin gesehen hatte. Er hatte es immer verstanden, sie mit seinen neckischen Blicken und charmanten Bemerkungen in Verlegenheit zu bringen, doch jetzt überfiel dieses Gefühl des Verlangens sie so plötzlich und heftig, dass es sie selbst erschreckte. Und wie hilflos sie dagegen war! Gestern Abend hatte sie noch geglaubt, fleißige Arbeit und Ablenkung würden sie auf andere Gedanken bringen, aber jetzt wurde ihr bewusst, dass sie insgeheim gehofft hatte, Alexander hier zu sehen.

„Ich … also, wie …", stammelte sie, und ihre Wangen röteten sich noch mehr.

„Wie schön, dich zu sehen, Adeline. Ich habe in den vergangenen Jahren oft an dich gedacht. Du siehst gut aus."

Adeline nickte nur und fuhr sich mit der Zunge über die Lippen, die sich ganz spröde anfühlten. Sie hoffte, dass ihr Herzschlag sich bald beruhigen würde, denn sonst würde sie keinen ganzen Satz herausbringen, geschweige denn eine intelligente oder auch nur höfliche Erwiderung.

Sie spürte, wie Ida sich bei ihr einhakte. „Ist es nicht wundervoll, dass wir alle wieder hier zusammen sind, wie in alten Zeiten? Alexander, sei doch so gut und bring uns etwas von dem Punsch."

Adeline sah ihre Freundin dankbar an, während Alexander sich kurz verneigte und davonging, um den Auftrag seiner Schwester zu erfüllen. Das gab Adeline Zeit, sich vom ersten Aufruhr der Gefühle zu erholen.

Ida lächelte schelmisch. „Er ist immer noch Junggeselle, musst du wissen. Er hat in der Armee Karriere gemacht, aber in der Liebe … Vielleicht trauert er ja immer noch einer gewissen Gräfin aus Dänemark nach, wer weiß?“

„Ach, Ida, hör auf, mich zu necken!“ Trotz ihrer widerstreitenden Gefühle musste Adeline lächeln. Ihre Freundin war damals untröstlich gewesen, als sie und Alexander ihre inoffizielle Verlobung gelöst hatten, und so überraschte es nicht, dass sie jetzt eine neue Chance witterte.

„Das ist mein Ernst! Er war monatelang ungenießbar, nachdem du ihm einen Korb gegeben hattest. Ich glaube, er hat dich wirklich geliebt.“ Sie musterte Adeline. „Und wenn ich mich nicht irre, ist die Farbe in deinen Wangen ein Zeichen dafür, dass er dir noch immer nicht gleichgültig ist.“

Adeline blickte verlegen zu Boden, aber sie konnte es nicht bestreiten. Alexander wiederzusehen, hatte Gefühle in ihr aufleben lassen, die sie für tot gehalten hatte oder zumindest für begraben. Sie musste stark sein und durfte nichts Unüberlegtes tun – zu viele Menschen verließen sich auf sie.

Doch im Laufe des Abends stellte Adeline fest, dass sie dem Charme dieses Mannes, dem sie vor so vielen Jahren ihr Herz geschenkt hatte, auch jetzt nicht widerstehen konnte. Nach ihrer anfänglichen Verlegenheit lachte sie über seine Scherze, lauschte gespannt, als er von seinen militärischen Abenteuern sprach, und genoss die Komplimente, die er ihr machte. Es war wunderbar, endlich wieder so sorglos zu sein, in der Musik zu schwelgen und die schönen Dinge des Lebens zu genießen. Es war nicht der Reichtum, der sie bezauberte – ihn war sie von ihrer Tätigkeit im Hofstaat der Kaiserin gewohnt –, sondern die Leichtigkeit, mit der Ida und ihr Bruder das Leben genossen. Es war die Unbeschwertheit, die ihr plötzlich so erstrebenswert erschien, nachdem sie so lange gekämpft hatte, immer gekämpft für die Rechte anderer, um das Überleben von Menschen, gegen die Intrigen und Anfeindungen gegen ihre Arbeit auf Rügen. Sie beschloss, zur Abwechslung einmal nur an sich zu denken und diesen Abend zu genießen – nur diesen einen Abend, wie in einem Rausch der Lichter und Klänge, der Liebe und Leichtigkeit.

Die Ernüchterung kam, als sie das kleine Hotel betrat, in dem sie und Paul sich eingemietet hatten. Alexander hatte sie mit seiner Kutsche gefahren, und zum Abschied hatte er ihr tief in die Augen geblickt und ihre Hand genommen.

„Sehen wir uns morgen, Adeline?" Er hatte sie beinahe flehend angesehen, und sie hatte nicht die Kraft gehabt, Nein zu sagen.

„Ich weiß nicht …"

„Du musst mich anhören. Nach so langer Zeit hat uns das Schicksal wieder zusammengeführt – das bedeutet doch etwas! Ich weiß jetzt, dass es ein Fehler war, dich damals gehen zu lassen. Und ich spüre, dass ich dir auch nicht gleichgültig bin." Insgeheim war ihr bewusst, dass sie der Versuchung Tür und Tor öffnete, wenn sie sich allein mit ihm traf, denn sie wusste nicht, ob sie seine Liebe ein zweites Mal zurückweisen konnte.

Vielleicht war es Hochmut gewesen zu glauben, sie wäre über jegliche Versuchung erhaben. Jetzt sank sie vor ihrem Bett auf die Knie und schlug die Hände vors Gesicht. „Herr, du hast mich immer getragen und mich vor vielem bewahrt. Bitte gib mir jetzt die Kraft, auf deinem Weg weiterzugehen und nicht selbstsüchtig zu sein." Lange rang sie im Gebet mit ihrem Schicksal, doch als sie im Morgengrauen schließlich erschöpft auf ihr Kissen sank, wusste sie, was sie tun musste.

Paul riss sie wenig später aus dem Schlaf. „Tante Adeline?" Seine Stimme klang unsicher, beinahe ängstlich. „Schläfst du noch?"

Adeline stöhnte und schlug mühsam die Augen auf. Sie fühlte sich wie gerädert, ihr ganzer Körper schmerzte. „Ich glaube, ich bleibe noch ein bisschen liegen, Paul. Mein Kopf tut weh." Keine zwei Stunden hatte sie geschlafen, und auch die waren rastlos gewesen. Sie hatte vom Seemannsheim geträumt, hatte im

Traum die Fischerboote gesehen und die Gesichter der Männer, die ihre Netze flickten. Dazwischen war immer wieder das lächelnde Antlitz des Mannes erschienen, der damals ihr Herz erobert hatte und es auch jetzt noch höher schlagen ließ. Sie war nicht sicher, ob sie die Kraft hatte, Alexander gegenüberzutreten, aber sie wusste auch, dass sie eine Entscheidung treffen musste. „Herr, ich brauche dich heute mehr denn je!", betete sie inbrünstig.

Eine halbe Stunde später erhob sie sich langsam von ihrem Bett und kleidete sich an. Paul war bereits zum Frühstück hinuntergegangen und wartete an ihrem Tisch auf sie. Er blickte sie besorgt an, als er sah, wie blass sie war.

„Hast du nicht gut geschlafen, Tante?", fragte er. „Ich habe schon Kaffee bestellt."

Adeline lächelte schwach. „Das ist lieb, mein Schatz." Dann seufzte sie. „Nein, ich habe nicht sehr gut geschlafen."

„Das war bestimmt die Aufregung nach dem Ball!" Paul sah sie mit leuchtenden Augen an. „War es schön bei dem Ball? Hast du auch getanzt?"

Adeline nickte. „Sei mir nicht böse, Paul, aber ich erzähle dir lieber ein anderes Mal davon."

Ja, sie hatte getanzt. Es war nicht ihre Absicht gewesen, sich unter die tanzenden Paare zu mischen, und sie war sicher gewesen, in ihrem bescheidenen Gewand keinem der Herren aufzufallen. Doch Alexander war es gleichgültig gewesen, dass sie keine Perlen, Rüschen und Pailletten trug. Und es schien ihn auch nicht zu stören, dass sie mit ihren beinahe vierzig Jahren zu den gesetzten Damen gehörte. Und in seinen Armen war sie wieder ganz jung geworden. Es würde ihr nicht leichtfallen, ihn heute wiederzusehen und nicht an dieses Glücksgefühl zu denken, das sie empfunden hatte. Sie wusste, was sie zu tun hatte, aber es war eine Entscheidung, zu der sie sich schweren Herzens hatte durchringen müssen.

Zum Glück war sie am gestrigen Abend geistesgegenwärtig genug gewesen, mit Alexander ein Treffen auf neutralem Boden zu verabreden. Er hatte vorgeschlagen, sie in ihrem Hotel aufzusuchen, aber sie hatte an Paul gedacht und daran, dass es ihn verwirren könnte, wenn der Oberstleutnant dort erschien. Stattdessen hatten sie vereinbart, sich um elf Uhr in der Konditorei Kranzler zu treffen. Jetzt war sie froh über diese Entscheidung, denn so konnte sie jederzeit den Rückzug antreten.

Die traditionsreiche Konditorei, die in einem Eckhaus an der Friedrichstraße und Unter den Linden untergebracht war und im Sommer auf der sogenannten Rampe Tische im Freien bot, war an diesem grauen Oktobertag in feinen Nieselregen gehüllt, und das Licht, das durch die Fenster fiel, wirkte bei dem nasskalten Wetter besonders einladend. Alexander wartete bereits auf sie, als Adeline um kurz nach elf die Konditorei betrat. Er erhob sich sofort und es versetzte Adeline einen Stich, als sie sah, wie seine Augen bei ihrem Eintreten aufleuchteten. Würde sie die Kraft haben, ihren Entschluss in die Tat umzusetzen?

„Adeline." Alexander zog einen Stuhl vom Tisch ab und wartete, bis sie sich gesetzt hatte, bevor auch er wieder Platz nahm. „Danke, dass du gekommen bist."

„Ich ..."

„Ich weiß, dass dir das alles sehr unüberlegt erscheinen muss, aber ich wusste von dem, was Ida mir erzählt hat, dass du in deiner Arbeit glücklich bist und ich nicht das Recht hatte, mich dir aufzudrängen, nachdem ich damals so selbstsüchtig war."

„Alexander, bitte ..."

„Nein, lass mich ausreden. Ehrlich gesagt, hatte ich einfach nicht den Mut zuzugeben, dass ich damals unrecht hatte. Ich hätte dich nicht unter Druck setzen dürfen. Ich hätte erkennen müssen, was für eine starke Frau du bist und dass du in den gesellschaftlichen Zwängen, die ich dir aufbürden wollte, nie glücklich geworden wärest. Aber ich habe mich geändert." Er sah sie mit flehendem Blick an, und Adeline hatte nicht den Mut, ihn noch einmal zu unterbrechen.

„Bitte gib mir noch eine Chance, Adeline. Ich verspreche auch, dass du so viele wohltätige Zwecke unterstützen kannst, wie du willst. Ich werde veranlassen, dass du dein eigenes Geld bekommst, das du nach Belieben verwenden kannst.“ Er nahm ihre Hand und hielt sie fest. „Wenn du nur einwilligst, meine Frau zu werden. Ich liebe dich – habe dich immer geliebt – und ich bitte dich um Vergebung für mein selbstsüchtiges Verhalten damals. Glaubst du, du könntest diesen alten Narren noch einmal lieben?“

Adeline schluckte und senkte den Blick. Sie hielt es nicht aus, in seine leidenschaftlichen Augen zu sehen. „Ich kann nicht, Alexander“, sagte sie leise.

„Aber warum denn nicht? Du tust doch sonst auch, was du willst – keiner kann dir Vorschriften machen.“

Adeline schüttelte den Kopf. „Es geht nicht darum, dass mir jemand Vorschriften macht. Es geht darum, dass ich eine Aufgabe habe, und diese Aufgabe könnte ich nicht erfüllen, wenn ich dich heiraten würde.“ Sie zögerte. „Glaub mir, es fällt mir nicht leicht, das zu sagen. Ich habe gestern Nacht kaum ein Auge zugemacht, weil ich immerzu daran denken musste, wie schön es wäre, mit dir zusammen zu sein. Ja, ich liebe dich, Alexander, aber meine Fischer auf Rügen brauchen mich. Und um ehrlich zu sein, brauche ich sie auch. Bei ihnen kann ich sicher sein, dass sie meine Seele lieben und nicht nur mein Äußeres. Ich kann die Leute da nicht allein lassen. Nein, jetzt lass mich bitte ausreden“, sagte sie, als Alexander widersprechen wollte. „Ich habe das Elend dieser Menschen gesehen, aber auch ihre Herzensgüte. Sie sind jetzt meine Familie. Und vor allem sind sie Gottes Geschenk an mich. Ich habe mich vor vielen Jahren entschieden, dass ich in meinem Leben Gottes Willen tun will, und ich bin fest davon überzeugt, dass er mir diese Menschen in Göhren, die Fischer und ihre Familien und natürlich meinen lieben Paul, geschenkt hat, damit ich ihnen die Liebe ihres himmlischen Vaters weitergebe.“

Alexanders hoffnungsvoller Blick war der Resignation gewichen, und einen Moment lang glaubte Adeline, ein feuchtes Glänzen in seinen Augen zu sehen. Aber er sagte nichts, und sie holte tief Luft, bevor sie fortfuhr.

„Ich danke dir von Herzen für den wundervollen Abend gestern, Alexander, und dafür, dass ich mich noch einmal jung und begehrenswert fühlen durfte. Und es bricht mir das Herz, dir Kummer zu bereiten. Aber ich muss das tun, wozu Gott mich berufen hat. Ich hoffe, du kannst das verstehen." Sie hätte gerne noch mehr gesagt, wollte unbedingt, dass er ihren Standpunkt nachvollziehen konnte, aber sie fürchtete, die Tränen, die in ihrer Kehle brannten, nicht mehr zurückhalten zu können, wenn sie weitersprach. Stattdessen erhob sie sich. „Leb wohl, Alexander", sagte sie leise. Dann drehte sie sich um und ging, ohne noch einmal zurückzublicken.

Als sie die Friedrichstraße hinunterging, ließ sie ihren Tränen freien Lauf. Sie sah kaum, wohin sie ging, sodass sie hin und wieder andere Fußgänger anstieß, aber es war ihr gleichgültig. Sie lief einfach weiter, und auch der Gedanke, dass Paul im Hotel auf sie wartete, tröstete sie in diesem Augenblick nicht. Sie hatte gerade ein für allemal die Verbindung zu dem Mann durchtrennt, den sie liebte, und Kummer war das einzige Gefühl, das jetzt in ihrem Herzen Raum hatte. „Herr, warum stellst du mich auf eine so harte Probe?", betete sie im Stillen.

Stunden später kam sie völlig durchgefroren in ihrem Hotel an. Der feine Regen hatte sie bis auf die Haut durchnässt, ohne dass sie es bemerkt hatte, aber jetzt zitterte sie vor Kälte. Doch innerlich hatte sie sich ein wenig beruhigt. Allmählich kehrte ihre unerschütterliche Zuversicht zurück, die sie nach jedem Schicksalsschlag aufstehen und weitermachen ließ. Jetzt hieß es, nach vorne zu blicken.

„Ach, da sind Sie ja, Gräfin! Wir haben uns schon gesorgt." Die Hoteliersfrau empfing sie im Foyer des kleinen Familienbetriebs.

„Ich … war nur spazieren.“ Adeline zog das schwere, nasse Wolltuch von ihren Schultern.

„Es ist doch ein Telegramm für Sie gekommen.“

„Ein Telegramm? Von wem?“ Sie nahm den Umschlag entgegen, den die Frau ihr reichte.

MUTTER LIEGT IM STERBEN STOP KOMM SO SCHNELL DU KANNST STOP SOPHIE.

Den Widersachern ausgeliefert

Das neue Jahr hatte im Osten von Dänemark mit Schnee begonnen, ungewöhnlich viel Schnee. Und jetzt, vier Tage später, gab es auf den Straßen noch immer kaum ein Durchkommen. Die Temperaturen waren in den letzten Tagen weit unter den Gefrierpunkt gesunken und verharrten dort, als wollte der Frost die Küste gar nicht mehr aus seinen Klauen lassen. Außerdem fegte ein eisiger Wind über das Land und wehte die Schneemassen zu schier unüberwindlichen Bergen auf.

Adeline blickte zum wiederholten Male auf die Uhr. Normalerweise machten ihr Kälte und ungemütliches Wetter nichts aus, zumal sie in ihrer Villa in Hellebæk vor den Naturgewalten geschützt und mit mehr als allem Notwendigen versorgt war. Doch heute wartete sie ungeduldig darauf, dass Doktor Lindberg eintraf, um nach Paul zu sehen, und sie fürchtete, die Schneeverwehungen könnten den Arzt gänzlich daran hindern zu kommen.

Der Junge war in den vergangenen Monaten oft krank gewesen. Immer wieder wurde er von Fieberschüben heimgesucht, die manchmal sogar bis zum Delirium führten. Vierzehn Jahre war Paul inzwischen alt, und abgesehen von seiner körperlichen Zartheit und Kränklichkeit war er zu einem wunderbaren jungen Mann herangewachsen. Er war Adelines ganzer Stolz, und es war ein beglückender Tag für sie beide gewesen, als sie vor drei Jahren die offiziellen Adoptionspapiere in Händen gehalten hatten.

Die letzten Jahre waren eine aufwühlende Zeit gewesen. Nachdem sie Alexander für immer Lebewohl gesagt und Berlin verlassen hatte, war sie mit Paul gerade noch rechtzeitig in Hellebæk eingetroffen, um von ihrer Mutter Abschied zu nehmen. Am dritten November war diese gestorben, und Adeline hatte weniger die Trauer zu schaffen gemacht als das schlechte Gewissen darüber, dass sie beim Tod ihrer Mutter nicht mehr empfunden hatte. Obwohl sie der alten Gräfin nie sehr nahegestanden hatte, fühlte sie sich schuldig, weil sie nicht so trauerte wie ihre Geschwister. Außer Sophie schienen die anderen sie noch immer für herzlos zu halten, für eine selbstsüchtige Frau ohne eine Spur von Familiensinn. Dabei hatte sie doch so viel aufgegeben, um für andere Menschen da zu sein. Sie verstand nicht, was daran egoistisch sein sollte.

Adeline blickte erneut auf die Uhr, aber die Zeiger waren auf dem Ziffernblatt nur wenige Striche weitergewandert. Sie seufzte und ging zum Fenster, wo sie in die Dämmerung hinausblickte, die sich langsam über die verschneite Landschaft senkte. Dann ging sie ins Nebenzimmer, um nach Paul zu sehen, der am Nachmittag in einen unruhigen Schlaf gefallen war. Als sie das Zimmer betrat, schlugen ihr die Hitze des Kaminfeuers und der Geruch von Schweiß und stickiger Luft entgegen, aber sie wagte nicht, das Fenster zu öffnen, so eisig war es draußen.

Sie trat an Pauls Bett und strich ihm die schweißnassen Haare aus der Stirn. Das schmale Gesicht ihres Sohnes wirkte eingefallen und war beinahe so weiß wie das Kissen, auf dem sein Kopf ruhte. Doch seine Stirn fühlte sich ein wenig kühler an, und sein Atem schien etwas ruhiger zu gehen. Adeline zog die Decke ein Stück höher, gab dem Jungen einen Kuss auf die Stirn und ging dann leise wieder hinaus.

Wieder in ihrem eigenen Zimmer angelangt, überlegte Adeline, was sie tun sollte. Davon, dass sie tatenlos herumsaß und sich Sorgen machte, wurde Paul auch nicht wieder gesund. Wo war nur ihr Gottvertrauen geblieben? Adeline straffte die Schultern und ging zu ihrem Schreibtisch, auf dem sich mehrere Mappen mit Unterlagen stapelten, denen sie sich bald würde widmen müssen. Die Buchführung ihres Fischerheims in Göhren musste gegengezeichnet werden, die Pläne für eine neue Werkstatt der Berliner Arbeitermission, die im neuen Jahr bezogen werden sollte, warteten schon seit Wochen auf ihre Genehmigung. Daneben gab es noch einen ganzen Stapel zu erledigender privater Korrespondenz.

Adeline nahm den Brief, der zuoberst lag, in die Hand. Ihr Bruder Werner hatte ihr geschrieben – das allein war schon ungewöhnlich. Das letzte Mal, dass sie miteinander gesprochen hatten, war mehr als zwei Jahre her, und damals hatte Werner einen Wutanfall bekommen, als er davon erfahren hatte, dass sie ihr Testament zugunsten von Paul und ihren verschiedenen Hilfswerken geändert hatte. Selbst Sophie hatte kein Verständnis dafür gezeigt, dass Adeline keinem ihrer Nichten und Neffen etwas vermachen wollte, und so hatte sich auch das sonst so herzliche Verhältnis zu ihrer älteren Schwester in letzter Zeit ein wenig abgekühlt.

Umso erstaunlicher war der Brief von Werner, den sie gestern erhalten hatte und in dem er sie nach Kopenhagen einlud. Adeline war skeptisch, ob sie ihre Meinungsverschiedenheiten wirklich würden beilegen können, aber sie wollte keinen Krieg mit ihren Geschwistern, und ein Friedensangebot wie dieses sollte sie schon aus christlicher Überzeugung nicht ausschlagen. Allerdings zögerte sie, Paul in der Obhut ihrer Bediensteten zurückzulassen, solange er noch nicht wieder ganz gesund war.

Wo nur Dr. Lindberg blieb? Kaum hatte sie einen erneuten Blick auf ihre Uhr geworfen, da hörte sie das Knirschen von Kutschrädern im Schnee. Sie sprang auf, lief auf den Gang und die Treppe hinunter und begrüßte den sehnlichst erwarteten Arzt. „Ich bin ja so froh, dass Sie es bis zu uns geschafft haben, Doktor!"

Lindbergs Gesicht war von der Kälte gerötet, aber seine Augen leuchteten. „Aber meine liebe Gräfin – nun sorgen Sie sich doch nicht so sehr. Ihr Paul mag eine zarte Natur haben, aber unter seiner weichen Schale steckt ein harter Kern. Der Junge ist zäh, glauben Sie mir." Der Arzt tätschelte beruhigend Adelines Arm.

Adeline nickte. Paul hatte schon viele Fieberanfälle heil überstanden, aber trotzdem machte sie sich Sorgen. Darin unterschied sie sich nicht von anderen Müttern. „Ich weiß, Doktor. Gerade habe ich nach Paul gesehen, und ich glaube, das Fieber hat ein wenig nachgelassen. Aber sehen Sie selbst."

Sie ging als Erste die Treppe hinauf, und Dr. Lindberg folgte ihr bis in das Zimmer des Jungen. Adeline war erleichtert, als der Arzt bestätigte, das Fieber sei gesunken und das Schlimmste überstanden. Ein paar Tage Bettruhe, und der Patient werde sein Frühstück wieder mit dem typischen Appetit eines Vierzehnjährigen vertilgen.

Als der Doktor Mantel, Handschuhe, Schal und Hut anlegte, bevor er sich wieder in die Kälte hinauswagte, fragte Adeline: „Dr. Lindberg? Was fehlt Paul denn nun? Kann man denn nichts dagegen tun, dass er immer wieder solche Fieberschübe bekommt? Gibt es eine Kur, die ihm helfen könnte?"

Der Arzt blickte nachdenklich drein. „Ich bin mir nicht sicher, Gräfin. Ich denke immer noch, es könnte ein Nervenleiden sein, das diese Anfälle auslöst, wie ich es Ihnen schon früher erklärt habe, aber ich bin kein Spezialist."

Adeline nickte. „Mein Bruder lebt in Kopenhagen, und er hat mir geschrieben, er kenne einen guten Nervenarzt. Meinen Sie, ich sollte diesen Arzt fragen? Ihm Pauls Symptome schildern? Vielleicht kann er sich den Jungen einmal ansehen."

Lindberg wirkte ein wenig skeptisch, aber er riet ihr auch nicht ab. „Es ist einen Versuch wert. Aber bitte machen Sie sich nicht zu große Hoffnungen, meine Liebe. Wir wissen noch nicht sehr viel über Nervenkrankheiten und ihre Symptome. Doch ich meine, es kann nicht schaden, wenn Sie sich mit einem Fachmann beraten. Fahren Sie nach Kopenhagen und hören Sie, was der Mann zu sagen hat. In einer Woche wird Paul wieder so weit genesen sein, dass er die Reise antreten kann."

Adeline dankte dem Arzt und verabschiedete ihn an der Tür. Dann ging sie in ihr Zimmer hinauf, um Werners Brief zu beantworten. Vielleicht war es ja ein Fingerzeig Gottes, dass gerade jetzt dieses Angebot ihres Bruders kam. Vielleicht konnte der Arzt in Kopenhagen Paul helfen. Sie würde sich diese Chance jedenfalls nicht entgehen lassen.

Es dauerte dann doch noch einige Wochen, bis der Zug, in dem Adeline und ihr Sohn saßen, Ende Februar in den Bahnhof von Kopenhagen einfuhr. Die Schneemassen waren inzwischen verschwunden, und schmuddelig graues Winterwetter hatte die frostigen Temperaturen abgelöst. Auch wenn das Thermometer nicht mehr unter die Null-Grad-Marke fiel, fühlte sich das nasse Wetter ungemütlich kalt an, und Adeline war froh, dass ihr Bruder eine Kutsche geschickt hatte, um sie und den Jungen abzuholen. So mussten sie sich mit ihren Koffern nicht in die überfüllten Straßenbahnen quetschen.

Werner wohnte mit seiner Familie in einem feinen Haus am Rande der Kopenhagener Innenstadt, und so dauerte es nicht lange, bis der Kutscher ihr Gepäck ablud und Adeline den Türklopfer betätigte.

Ein Diener öffnete und nahm den beiden Besuchern Mäntel und Hüte ab.

„Meine liebe Adeline! Wie schön, dass du es einrichten konntest. Und Paul ist ja schon ein richtiger junger Mann geworden." Werner streifte den Jungen allerdings nur mit einem kurzen Blick, bevor er sich wieder an seine Schwester wandte. „Nun kommt erst einmal rein und wärmt euch bei einer Tasse Tee auf. In einer Stunde essen wir zu Abend, da bleibt dir noch genug Zeit, dich oben häuslich einzurichten. Paul kann bei unseren Jungs schlafen. Walter und Heinrich, kommt und sagt unserem Besuch guten Tag."

Adeline begrüßte die beiden Jungen, von denen der eine etwas jünger war als Paul, der andere etwa gleichaltrig. Dann musterte sie Werner nachdenklich. Dass ihr jüngerer Bruder sich ihr gegenüber um einen höflichen Ton bemühte, hatte sie nach seinem versöhnlichen Schreiben erwartet, auch wenn er das in der Vergangenheit nicht immer getan hatte, aber mit einer solchen Überschwänglichkeit hatte sie nicht gerechnet. Aber sie schob es auf den Familiensinn, auf den Werner ja immer so viel Wert legte. Offenbar wollte er die Unstimmigkeiten zwischen ihnen aus der Welt räumen, und es fiel ihm sicherlich nicht leicht, herzlich zu ihr zu sein. Zu viel Porzellan war in den vergangenen Jahren zerschlagen worden, gerade auch nach dem Tod ihrer Mutter, als dass sie sich gänzlich unbeschwert hätten gegenübertreten können. Aber sie wollte sich bemühen, ihren Beitrag zur geschwisterlichen Versöhnung zu leisten.

„Danke noch einmal für deine Einladung, Werner", sagte sie lächelnd und hakte sich bei ihm unter, während sie in Richtung Salon gingen. Die drei Jungen folgten ihnen schweigend. „Wie geht es Margit?"

Werners Frau hatte keine sehr gute Konstitution, und sie hatte erst vor wenigen Monaten entbunden. Das Baby Ellen war eine kleine Nachzüglerin, und Margit hatte mit Mitte dreißig keine leichte Schwangerschaft gehabt.

„Es geht ihr schon viel besser – du wirst sie gleich beim Essen sehen. Und die kleine Ellen wird von Tag zu Tag hübscher." Er strahlte übers ganze Gesicht. Diesmal war seine Freude zweifellos echt. Er vergötterte seine kleine Tochter, während er seinen Söhnen gegenüber oft streng und, wie es Adeline schien, unnachsichtig war.

Sie lächelte. „Ich freue mich, dass es deiner Familie gut geht." Eine Weile sprachen sie über gemeinsame Verwandte und über Bekannte aus alten Tagen. Adeline überlegte, ob sie sich nach Werners Geschäften erkundigen sollte, ließ es dann aber bleiben. Über Geld zu reden wäre den vorsichtigen Annäherungsversuchen zwischen ihnen eher abträglich, entschied sie. Auch ihre Arbeit auf Rügen, nach der ihr Bruder bislang nicht gefragt hatte, ließ sie erst einmal unerwähnt, da sie wusste, dass Werner nicht viel davon hielt.

Stattdessen kam sie auf den Hauptgrund ihres Besuches in der Hauptstadt zu sprechen. „Sag, wann kann ich mit dem Arzt sprechen, von dem du mir erzählt hast? Ich hatte dir ja geschrieben, dass Paul Anfang des Jahres wieder einen Schwächeanfall hatte, und Dr. Lindberg meinte, es könnte ein Nervenleiden sein."

Werner nickte. „Das könnte gut sein. Dr. Rasmussen kann dir bestimmt weiterhelfen. Er ist Facharzt für Nervenkrankheiten im Kommunehospital und eine wirkliche Koryphäe. Ich habe gleich für morgen einen Termin für ein erstes Gespräch mit ihm vereinbart."

„Oh, das ist gut. Meinst du, ich sollte den Jungen mitnehmen, damit der Arzt sich ein Bild von ihm machen kann?"

Werner schüttelte den Kopf. „Ich würde an deiner Stelle erst einmal allein mit ihm sprechen. Wenn Paul nicht dabei ist, kannst du offener reden, und ihr könnt gemeinsam ein Vorgehen beschließen, das dem Jungen möglichst wenig Angst macht."

„Du hast recht, das klingt vernünftig." Wieder war Adeline darüber erstaunt, wie zuvorkommend und rücksichtsvoll ihr Bruder war – ganz anders als sonst. Aber sie war froh, dass sie mit den schwierigen medizinischen Fragen nicht allein war.

Das Abendessen fand im Kreise der Familie statt und verlief ohne besondere Vorkommnisse. Adeline war nicht böse darüber, dass außer ihnen keine Gäste eingeladen waren, denn sie war müde und hatte keine Lust auf höfliche Konversation mit Fremden. Werners Jungen waren ein wenig aufgetaut und unterhielten sich mit ihrem neuen Vetter, während die Erwachsenen über politische Ereignisse und andere allgemeine Dinge sprachen, bevor sie sich mit einem Glas Portwein in den Salon zurückzogen.

Werners Frau war den ganzen Abend über ungewohnt schweigsam. Adeline war mit Margit eigentlich immer gut ausgekommen, aber natürlich hatte sie bei den Familienstreitigkeiten auf der Seite ihres Mannes gestanden. Adeline hatte nichts anderes erwartet. Doch jetzt, wo das Eis zwischen ihnen allmählich taute, hätte Adeline gedacht, dass Margit sich freuen würde. Stattdessen wich die zierliche, blasse Frau ihren Blicken oft aus und wirkte ein wenig fahrig. Adeline schob es auf ihre noch nicht ganz wiederhergestellte Gesundheit und beschloss, es nicht persönlich zu nehmen. Alles in allem war es ein sehr erfreulicher Abend, und Adeline war guter Dinge, als sie den anderen eine gute Nacht wünschte und sich in ihr Gästezimmer zurückzog. Paul war bereits mit den anderen Jungen ins Kinderzimmer geschickt worden und schlief sicher längst.

Am nächsten Morgen war Adeline früh auf. Sie hatte beschlossen, Paul noch nichts von ihrem Besuch bei Dr. Rasmussen zu erzählen. Sie wollte erst alleine mit dem Arzt sprechen und hören, was er vorschlug, damit sie den Jungen nicht unnötig beunruhigte. Werner hatte angeboten, sie zum Krankenhaus zu begleiten und sie persönlich mit Rasmussen bekannt zu machen.

Das Kommunehospital war ein dreistöckiger Bau aus hellem Sandstein, der mit rotem Stein abgesetzt war. Rechts und links von dem mit einer Kuppel versehenen Hauptportal erstreckten sich zwei lang gestreckte Flügel, und durch das Portal kam man in einen Hof, der wiederum von weiteren Gebäudeteilen umgeben war. Es war eine beeindruckende Anlage, und Werner und Adeline erkundigten sich beim Pförtner, wo sie das Büro von Dr. Rasmussen finden konnten. Sie gingen durch lange Flure, von denen Krankenzimmer und Operationssäle abgingen, dann eine Treppe hinauf bis ins dritte Obergeschoss, in dem die Abteilung für Nervenheilkunde untergebracht war.

Offenbar hatte der Arzt sie schon erwartet, denn sie wurden sofort zu ihm vorgelassen.

„Gräfin von Schimmelmann? Es freut mich, Sie kennenzulernen." Knud Rasmussen erhob sich von dem Lehnstuhl hinter seinem Schreibtisch und Adeline sah, dass er ein groß gewachsener, eleganter Mann war. Er trug einen feinen, maßgeschneiderten Anzug anstelle eines Arztkittels – vielleicht um auf seine Patienten nicht bedrohlich zu wirken. Schließlich waren die Menschen, die zu ihm kamen, oft nervös oder sogar ganz außer sich.

Der Nervenarzt kam auf Adeline und Werner zu, reichte erst ihr die Hand, dann umfasste er die Rechte ihres Bruders und nickte kurz. Dann bat er sie, auf zwei bequemen Stühlen vor seinem Schreibtisch Platz zu nehmen.

„Sie kommen also wegen Ihres Adoptivsohnes, Gräfin?“, fragte Rasmussen, und dabei huschte sein Blick zu Werner hinüber.

„Ja, mein Bruder hat Sie mir als Spezialisten für Nervenkrankheiten empfohlen, und ich befürchte, die Anfälle, die Paul immer wieder hat, könnten nervlich bedingt sein.“

Rasmussen sah sie an und lächelte, aber Adeline fand, dass diesem Lächeln jegliche Wärme fehlte. Er schien sie mit seinen hellen, durchdringenden Augen neugierig zu mustern, und sie fühlte sich zunehmend unbehaglich in seiner Gegenwart. Aber sie versuchte, diese Gedanken zu verdrängen. Schließlich ging es hier um Pauls Gesundheit, und wenn der Mann ihm helfen konnte, musste sie ihn nicht mögen.

„Um das zu beurteilen, müsste ich den Jungen selbst untersuchen, wie Sie verstehen werden. Aber erst einmal ist mir daran gelegen, Sie ein wenig besser kennenzulernen – schließlich ist das Umfeld des Patienten in einem solchen Fall sehr wichtig.“

Adeline nickte zögernd. „Wie Sie vielleicht wissen, setze ich mich seit einigen Jahren für die armen Fischer und ihre Familien auf Rügen ein. Die Ostseefischer leben in äußerst schwierigen Verhältnissen, und der Alkohol droht sie vollends ins Elend zu reißen. Deshalb gebe ich ihnen in meinem Seemannsheim die Gelegenheit, etwas Warmes zu essen und ein paar Stunden zu schlafen, sodass sie nicht in die Wirtshäuser im Ort gehen müssen, wo sie von Schnaps und Bier in Versuchung geführt werden.“ Adeline zögerte, als sie sah, wie Rasmussen ihrem Bruder einen vielsagenden Blick zuwarf. „Paul lebt in meinem Haus, er hat eine eigene Kammer, und ich lerne täglich einige Stunden mit ihm. Nachmittags und abends hilft er mir bei der Arbeit. Manchmal spielt er mit den Männern Domino, und er ist ein begabter Sänger, sodass er bei unseren Andachten oft die Lieder anstimmt.“

„Und dieses Heim führen Sie ganz alleine?“, fragte Rasmussen.

„Nein, ein pensionierter Lehrer und seine Frau helfen mir, und natürlich bin ich auf die Unterstützung von Leuten aus Göhren angewiesen."

Der Arzt stellte noch einige Fragen und machte sich dabei Notizen auf seinem Schreibblock. Adeline versuchte, das Gespräch immer wieder auf Paul zu lenken. Sie wusste nicht, warum Rasmussen sich so für die Einzelheiten ihrer Arbeit interessierte.

Irgendwann läutete er eine Glocke, und wenige Augenblicke später erschien ein stämmiger Mann in weißer Uniform. „Doktor?", fragte er nur.

„Nielsen, bringen Sie die Gräfin bitte in unseren Besucherraum."

Der Mann nickte und trat neben Adelines Stuhl. Sie sah den Arzt fragend an und dann Werner, der lächelte und ebenfalls nickte. „Geh du schon mal, ich komme gleich nach."

„Also gut." Adeline erhob sich und sah aus dem Augenwinkel, dass Rasmussen fast unmerklich den Kopf schüttelte, als der Pfleger ihm einen Blick zuwarf.

„Wenn Sie mir folgen wollen, Madame?"

Sie liefen den Gang weiter hinunter, bis sie an eine Tür kamen, die nicht mit einem Schild versehen war. Anders als das Büro des Arztes hatte diese Tür kein Fenster, und der Pfleger zog einen Schlüsselbund hervor, um das Zimmer aufzuschließen. Adeline vermutete, dass sich hier Medikamente befanden, die vor dem Zugriff der Patienten geschützt werden mussten.

Als sie das Zimmer betrat, stellte sie überrascht fest, dass es hier keinen Schreibtisch und auch keine Schränke gab. In einer Ecke stand eine einfache Pritsche, daneben befand sich ein Stuhl, und auf einem Tisch gegenüber lag ein Stapel Handtücher neben einer Waschschüssel. Das Fenster war vergittert, sodass der Raum wie eine Zelle wirkte. Ein ungutes Gefühl beschlich sie, aber noch bevor sie sich umwenden konnte, hörte sie, wie der Schlüssel sich im Schloss drehte. Sie fuhr herum. „Was …"

Sie war allein.

Ihr Herz begann schneller zu schlagen, und mit wenigen

Schritten war sie bei der Tür. Sie umfasste den Türknauf und zog daran, aber er rührte sich nicht. Auch der Versuch, den Knauf zu drehen, zeigte keine Wirkung. Adeline atmete tief durch und rüttelte dann erneut an dem Türknauf. Sie war eingeschlossen.

Vielleicht war der Pfleger nur gegangen, um etwas zu holen, und wollte sie nicht den Gefahren einer Nervenheilabteilung aussetzen. Doch warum war sie überhaupt in diesem Raum? Und wo war Werner? Langsam stieg Panik in ihr auf.

Adeline legte ein Ohr an die Tür und lauschte. Irgendwo auf dem Gang waren Stimmen zu hören und plötzlich ertönte ein Schrei. Sie fuhr zusammen und schlang die Arme um ihren Oberkörper. Ihr Mund war ganz trocken, und sie schloss die Augen, während sie einige Male tief durchatmete. Sie musste die Ruhe bewahren. Bestimmt gab es eine vernünftige Erklärung für die Tatsache, dass sie hier in diesem Raum eingeschlossen war. Ein Versehen vielleicht.

Einige Minuten verstrichen, in denen Adeline noch zweimal den Türknauf ausprobierte, obwohl ihr eigentlich klar war, dass er sich nicht rühren würde. Es kam ihr vor wie eine Ewigkeit, bis schließlich Geräusche vor der Tür laut wurden und der Schlüssel ins Schloss gesteckt wurde.

Adeline, die sich auf dem Stuhl neben der Pritsche niedergelassen hatte, sprang auf, als die Tür sich öffnete. Dann stand Knud Rasmussen vor ihr, der Pfleger gleich hinter ihm, ein Bündel Stoff unterm Arm. Der Blick des Arztes war kalt, und das höfliche Lächeln von vorhin war verschwunden. Jetzt trug er den Kittel, den Adeline bei ihrem Eintreffen vermisst hatte. Ihr Mut sank, aber sie straffte die Schultern und trat so würdevoll auf den Nervenarzt zu, wie sie konnte. „Herr Doktor, ich weiß nicht, warum Sie mich hier so lange warten lassen, und dazu noch in einem verschlossenen Raum ohne jegliche Annehmlichkeiten. Sie sind mir eine Erklärung schuldig“, sagte sie.

„Nun, Gräfin, ich entschuldige mich für die Unannehmlichkeiten, aber Ihr Bruder hat mir versichert – und ich selbst bin zu der gleichen Überzeugung gelangt –, dass es zu Ihrem Besten ist, wenn Sie eine Zeit lang bei uns bleiben und Ihre überspannten Nerven auskurieren.“

Adeline starrte ihn an. „Ich verstehe nicht …“

„Ihre Familie macht sich Sorgen um Ihre seelische und körperliche Gesundheit und hat Sie mir anvertraut, damit Sie sich in Ruhe erholen können.“

„Aber ich …“

„Mein Pfleger hat Ihnen die Krankenhauskleidung mitgebracht, die ziehen Sie bitte an. Er wird Sie später abholen und Ihnen Ihr Bett zeigen. Heute Nachmittag werden wir mit den Untersuchungen beginnen.“

Überspannte Nerven? Untersuchungen? Was für Untersuchungen? Die Gedanken überschlugen sich in Adelines Kopf, aber als ihr die Wahrheit dämmerte, brachte sie vor Entsetzen kein Wort mehr heraus. Ihr Bruder hatte sie in eine Falle gelockt! Sein Versöhnungsangebot war nur ein Vorwand gewesen, um sie hierher zu bringen. Adelines Arbeit war ihm schon immer ein Dorn im Auge gewesen, und jetzt benutzte er Dr. Rasmussen dazu, sie ruhigzustellen. Diese Männer sollten sie hier einsperren!

Adeline überlegte krampfhaft, was sie tun konnte. Zwischen ihr und der Tür standen der Arzt und der stämmige Pfleger, der offensichtlich eher ein Wärter war. So hatte sie keine Chance zu entkommen. Und sie war so durcheinander, dass sie kaum einen klaren Gedanken fassen konnte.

Adeline spürte ein Brennen in der Kehle, aber so verzweifelt sie auch war, würde sie Rasmussen nicht die Genugtuung gönnen, vor ihm in Tränen auszubrechen. *Herr, gib mir Kraft!*, betete sie insgeheim, während sie mit einer Hand nach der Stuhllehne tastete, um nicht zu wanken. Ihr Herz raste und ihr war, als würden die weiß gekachelten Wände des kleinen Raumes immer näher kommen, um sie zu erdrücken. Sie musste einen Ausweg finden, aber instinktiv wusste sie, dass sie den Verschwörern nur in die Hände spielen würde, wenn sie anfing, um Hilfe zu schreien, oder mit den Fäusten auf die Männer losging. Das wäre wie eine Bestätigung, dass etwas mit ihren Nerven im Argen lag. Im Augenblick blieb ihr also nichts anderes übrig, als sich zu fügen. Sie wusste nicht, wie sie diese Situation ertragen sollte, aber sie musste es tun, um Pauls willen.

Sie verspürte einen Stich, als sie an Paul dachte. Was würden sie mit Paul machen? Gewiss würden sie ihm nicht die Wahrheit sagen. Vielleicht ließen sie ihn in dem Glauben, sie wäre verreist. Würde er denken, sie hätte ihn im Stich gelassen? Adeline schloss die Augen und schickte ein wortloses Stoßgebet zum Himmel. Dann spürte sie, wie eine merkwürdige Ruhe und Kraft sie erfüllten.

Sie hob den Kopf und erwiderte mit regloser Miene den stählernen Blick des Arztes, der sie abwartend ansah. „Ich weiß nicht, wie Sie auf den Gedanken kommen, ich könnte medizinische Hilfe benötigen, aber Sie werden sich bald von meiner geistigen Gesundheit überzeugen können, wenn Sie Ihre *Untersuchungen* anstellen.“ Sie betonte das Wort so, dass offensichtlich war, was sie von Rasmussens Plänen hielt.

Die Miene des Arztes war undurchdringlich, und Adeline wusste, dass dieser Mann zu allem fähig war. „Nielsen, kümmern Sie sich darum, dass die Gräfin alles hat, was sie braucht“, sagte er. Dann drehte er sich um und ging.

Der Wärter gab ihr die Kleider und ließ sie dann allein. Zitternd sank Adeline auf die Pritsche, als hätte sie mit einem Mal alle Energie verlassen. Jetzt flossen die Tränen ungehindert, die sie vor dem Arzt nicht hatte zeigen wollen. Die Schluchzer erschütterten ihren ganzen Körper. Hatte sie gerade noch die Kraft verspürt, Rasmussen die Stirn zu bieten, stürzte sie jetzt in eine so tiefe Verzweiflung, dass sie nicht mehr aus noch ein wusste. Selbst beten konnte sie nicht mehr. Sie war gefangen, eingesperrt, den Machenschaften ihres Bruders und dieses Nervenarztes ausgeliefert, während ihr Sohn auf sich allein gestellt war, ohne zu wissen, was aus ihm werden würde.

Es dauerte lange, bis ihre Schluchzer verebbten und keine Tränen mehr übrig waren, die sie hätte weinen können. Mühsam erhob sie sich, ganz benommen von dem Schock, den sie erlebt hatte, und legte ihr dunkelbraunes Reisekleid ab. Sie war sich kaum dessen bewusst, was sie tat, so automatisch waren ihre Bewegungen. Als sie sich bis auf ihr Unterkleid ausgezogen hatte, streifte sie den Rock und die Bluse über, die der Wärter ihr gegeben hatte. Der Stoff war grob gewebt und rau, doch das war Adeline egal. Sie brauchte keine Seide und edlen Stoffe – zu Hause auf Mönchgut trug sie oft einfache Baumwollkleider und grobe Schürzen. Was sie brauchte, war Freiheit. Und diese Sachen waren ein greifbarer Beweis dafür, dass man sie dieser Freiheit beraubt hatte. Deshalb war es so furchtbar, sie anzuziehen.

Als der Pfleger erschien, um sie auf ihr Zimmer zu bringen, ließ Adeline sich widerstandslos am Arm fassen und über den Gang führen. Vor einer Tür mit einem vergitterten Fenster blieb er stehen und zog seinen Schlüsselbund heraus. Die Schreie, die Adeline eine Weile zuvor auf dem Flur gehört hatte, klangen hier lauter, und es fröstelte sie, als ein leises Wimmern hinter der Tür erklang. Sie war kein ängstlicher Mensch und fürchtete sich auch nicht vor den manchmal ziemlich rauen Fischern an der Ostseeküste, aber dieser Ort hier machte ihr Angst.

Die Tür öffnete sich, und vor Adeline lag ein schmaler Gang, von dem auf der linken Seite Türen abgingen. Sie standen offen, und am Ende des Ganges befand sich ein Tisch, hinter dem eine Krankenschwester saß. Sie blickte kurz auf, nickte ihrem Kollegen zu, und vertiefte sich dann wieder in etwas, das wie eine Krankenakte aussah. Kein Lächeln, kein Wort der Begrüßung. Adeline spürte, wie neue Tränen sich einen Weg nach oben bahnten, aber sie bemühte sich, sie hinunterzuschlucken.

Nielsen ging an der ersten offen stehenden Tür vorbei, und Adeline warf einen verstohlenen Blick in den zellenartigen, winzigen Raum, in dem unter einem kleinen, vergitterten Fenster ein einfaches Bett stand, mit einem Stuhl rechts am Kopfende. Links neben dem Bett, das den zerwühlten Laken nach zu urteilen offensichtlich belegt war, gab es noch einen kleinen Tisch. Eine Zelle weiter blieb der Pfleger stehen. „Das ist Ihr Bett. Mittagessen gibt es um ein Uhr, das wird Ihnen gebracht. Und dort ist eine Waschschüssel für Sie."

Adeline nickte nur stumm. Nicht einmal die Privatsphäre eines Badezimmers war ihr hier vergönnt. Als aus dem Raum nebenan ein Heulen ertönte, zuckte sie zusammen. Es war ein markerschütternder Laut, als litte eine arme Seele Höllenqualen. Was tat sie hier, bei diesen Menschen, die offenbar von Sinnen waren, deren Geist verwirrt war oder die vor sich selbst beschützt und deshalb eingesperrt werden mussten? Sie wünschte, der Pfleger würde endlich gehen, damit sie allein sein konnte.

Als sie Anstalten machte, die Tür zu schließen, drehte Nielsen sich noch einmal um. „Die muss immer aufbleiben, das ist so Vorschrift."

Adeline starrte ihn ungläubig an. Sie öffnete den Mund, um ihn anzuflehen, bei ihr eine Ausnahme zu machen, aber an seinem Blick sah sie, dass er sich nicht würde erweichen lassen. Er befolgte nur Befehle und würde tun, was Rasmussen sagte. Und der war offenbar entschlossen, sie wie eine gewöhnliche Kriminelle zu behandeln. Nicht einmal ein wenig Privatsphäre wurde ihr zugestanden – Tag und Nacht würde man sie beobachten, so als wäre sie eine Gefahr für andere. Wieder drohte die Verzweiflung sie zu überwältigen. Sie sank auf das Bett, das der Pfleger ihr zugewiesen hatte, den Rücken der offenen Tür zugewandt, damit niemand ihren Kummer sah.

Die Untersuchungen, die der Nervenarzt an diesem Tag anstellte, bestanden aus einigen einfachen Reaktionstests, die in Adelines Augen nur über ihre körperliche Gesundheit Aufschluss geben konnten, nicht aber über ihren geistigen oder seelischen Zustand. Doch sie war zu müde und verwirrt, um dem Arzt irgendwelche Fragen zu stellen oder eine Erklärung zu verlangen.

Als Rasmussen an den darauffolgenden drei Tagen keine weiteren Untersuchungen veranlasste, keimte in Adeline ein schrecklicher Verdacht auf. Vielleicht war es ja gar nicht geplant, ihren Gemütszustand festzustellen. Gesetzt den Fall, die Untersuchungen ergaben, dass sie im Vollbesitz ihrer geistigen Kräfte war, musste der Arzt dies bescheinigen und sie gehen lassen. Während er die Untersuchungen hinauszögerte, würde sich an Adelines Situation nichts ändern.

Jeder Tag begann mit dem immer gleichen Frühstück aus dünnem Tee und trockenem, mit ranziger Butter bestrichenem Brot. Adeline machte es nichts aus, einfache Speisen zu sich zu nehmen, aber als sie sah, wie die Wärterin ihrer Station eine über und über mit Ausschlag bedeckte Patientin fütterte und der um sich schlagenden Frau das Essen förmlich in die Kehle stopfte, um anschließend ungerührt die Brote für die Gräfin zu schmieren, erschauerte sie vor Ekel. Sie hätte gerne ihr Essen selbst zubereitet, doch sie bekam kein Messer.

Adeline war nie ein Mensch gewesen, der sich leicht entmutigen ließ, aber jetzt machte sich angesichts ihrer hilflosen Lage eine Mutlosigkeit in ihr breit, die sie geradezu lähmte. Zum ersten Mal in ihrem Leben war sie versucht aufzugeben. Sollte sie sich einfach in ihr Schicksal fügen und tun, was ihr Bruder wollte? Konnte ihr vielleicht diese Schmach erspart bleiben, wenn sie ihre Arbeit bei den Rügener Fischern aufgab und sich in ihre Villa in Hellebæk zurückzog, um ihrer Familie keine Schwierigkeiten mehr zu machen?

Doch so erschöpft und erschüttert sie auch war, so sah sie doch im Geiste immer wieder die Menschen vor sich, für die sie so viel geopfert hatte – ihre Bequemlichkeit, die Liebe ihres Lebens, ihren Ruf und ihr privates Vermögen. Diese Menschen – allen voran Paul – brauchten sie, und Gott hatte sie zu der Arbeit mit ihnen berufen. Daran würden auch Werner, Knud Rasmussen und alle Nervenärzte der Welt nichts ändern, und deshalb durfte sie nicht verzweifeln.

Am meisten machte ihr die Tatsache zu schaffen, dass sie Tag und Nacht auf ihrer Station eingesperrt war – sie, die sie die Felder Mönchguts gewohnt war, den frischen Wind, der vom Meer her wehte, den weiten Himmel mit den ziehenden Wolken. Sie versuchte, so oft wie möglich auf dem schmalen Gang auf und ab zu gehen, um wenigstens etwas Bewegung zu haben und nicht krank zu werden – krank an Leib und Seele. So scheußlich das Essen auch war und so widerwärtig die hygienischen Verhältnisse, beschloss Adeline aus dem gleichen Grund, die ihr aufgetragenen Speisen mit Todesverachtung zu verzehren. Sie musste bei Kräften bleiben, komme, was wolle.

Doch wenn sie tagsüber recht erfolgreich gegen die Verzweiflung ankämpfte und die endlosen Stunden auf der Station überstand, ohne wahnsinnig zu werden, brachen die Zweifel des Nachts umso stärker über sie herein. In den meisten Nächten wachte sie irgendwann schweißgebadet auf, weil die quälenden Gedanken sie im Traum verfolgten.

Nach einem besonders entmutigenden Tag – sie war bereits seit zwei Wochen hier und noch immer hatte sie nichts von Paul gehört, weil jeder Versuch, mit der Außenwelt in Verbindung zu treten, von Rasmussen und seinen Wärtern unterbunden wurde –, warf Adeline sich wieder einmal ruhelos in ihrem Bett hin und her, während der Mond durch das schmutzige kleine Fenster fiel. Sie wusste, dass sie schlafen musste, um nicht vollends den Verstand zu verlieren, aber die Sorge um Paul ließ sie nur zeitweise in einen leichten Schlaf sinken. So wachte sie irgendwann in den frühen Morgenstunden auf, als ein schwaches Geräusch auf dem Gang ertönte. Es klang wie schlurfende Schritte auf dem nackten Dielenboden, aber merkwürdig rhythmisch. Auch entfernten die Schritte sich nicht oder kamen näher, wie man es erwarten würde, wenn jemand vor der Tür entlangging.

Adeline schlug die dünne, löchrige Wolldecke zurück, die kaum vor der Kälte schützte, und erhob sich leise. Dann schlich sie zu der offen stehenden Tür und spähte hinaus auf den Flur.

Was sie dort sah, trieb ihr die Tränen in die Augen, weil es von einer so ergreifenden und zugleich traurigen Schönheit war.

Eine junge Frau stand dort und wiegte sich langsam, die Arme ausgebreitet. Dabei zog sie mit jeder Bewegung ihre bloßen Füße über den Boden und drehte sich langsam auf der Stelle im Kreis. Es war, als könnte sie Musik hören, die ihr bei ihrem heimlichen Tanz den Takt vorgab. Im Mondlicht sah ihr verschlissenes Nachthemd aus wie ein zartes Engelsgewand, und auf ihrem Gesicht lag ein sanftes Lächeln. Die Frau schien der Welt völlig entrückt.

Adeline überlegte, ob sie das arme Geschöpf wecken sollte – sie würde sich in der Kälte den Tod holen. Doch dann schien es ihr barmherziger, sie in ihrer Traumwelt verharren zu lassen. Wenigstens war sie in diesem Augenblick glücklich, so wie sie es in der Realität dieser Irrenanstalt nie sein konnte.

„Herr, ich bitte dich für diese arme Seele! Du kannst sie aus ihrer geistigen Umnachtung befreien – darum bitte ich dich", betete Adeline im Stillen. Und während sie vor Gott für die nächtliche Tänzerin eintrat und mit ihr mitfühlte, spürte sie, wie ihre eigene Dunkelheit sich lichtete. Ihr wurde bewusst, dass sie so viel besser dran war als die anderen hier. Ja, sie wurde gegen ihren Willen hier festgehalten, und Menschen, denen sie vertraut hatte, spielten ihr übel mit. Aber im Gegensatz zu den Kranken, die hier Monate oder vielleicht Jahre verbringen mussten, war sie im Vollbesitz ihrer geistigen Kräfte. Sie hatte Freunde, die sie vermissen und suchen würden, und es war nur eine Frage der Zeit, bis sie dieser Hölle würde entfliehen können. Alles, was sie brauchte, waren Geduld und Gottvertrauen – dann würde sie diese Prüfung überstehen und wieder zu ihrer Familie zurückkehren, zu den Fischern auf Rügen, zu den Arbeitern in Berlin und vor allem zu Paul.

Der treue Gott

„Gräfin Schimmelmann?“

Adeline schreckte auf, als sie ihren Namen hörte. Es kam so selten vor, dass jemand anderes als die Wärterin mit ihr sprach, dass sie oft tagelang schwieg, und als sie jetzt antwortete, gehorchte ihre Stimme ihr zuerst nicht so recht. Sie räusperte sich. „Ja?“

Die junge Frau, die den Kopf durch den Türrahmen streckte, lächelte und auch das war etwas, das hier nicht oft geschah. „Dr. Rasmussen hat gesagt, dass Sie in den Hof dürfen. Kommen Sie mit?“

Adelines Herz schlug schneller. Dies war etwas, worum sie seit Wochen betete, nämlich diese dunkle, übelriechende Station verlassen zu können und wenigstens eine Zeit lang frische Luft zu atmen. Gott hatte ihre Gebete also endlich erhört. Sie hatte von ihrem Fenster aus gesehen, wie andere Insassen der Nervenheilanstalt in dem kleinen, kahlen Innenhof umhergingen, und auch wenn es ein trostloser Ort ohne jedes Grün war, erschien es Adeline doch unendlich erstrebenswert, dort zu sein.

„Ist das wahr?“ Sie wagte kaum zu fragen, aber sie musste wissen, was diesen Sinneswandel des Arztes verursacht hatte. „Wieso hat der Doktor seine Meinung geändert?“

Die junge Pflegerin zuckte mit den Schultern. „Ich weiß es nicht. Er hat nur etwas von einem Attest gesagt. Da müssen Sie ihn schon selber fragen.“

Was einfacher gesagt als getan war. Rasmussen ließ sich so gut wie nie auf Adelines Station blicken, aber bei der nächsten Gelegenheit würde sie ihn fragen, was es mit diesem Attest auf sich hatte. Vielleicht hatte er endlich eingesehen, dass das ganze Gerede über ihre angebliche Unzurechnungsfähigkeit nur eine Intrige war. Ein Anflug von Hoffnung machte sich in Adelines Herzen breit.

Als sie an der Seite der Pflegerin auf den kleinen Hof hinaustrat, hätte sie vor Glück weinen können. Sie hätte nie gedacht, dass der Anblick eines schlichten, gepflasterten Innenhofs und der scharfe, kalte Märzwind ein solcher Balsam für Leib und Seele sein konnten. Sechs Wochen lang hatte sie das Hospital nicht verlassen, und die Sehnsucht nach dem Meer und ihren geliebten Ostseefischern hatte ihr schreckliche Qualen bereitet. Dies war ein kümmerlicher Ersatz für die Weiten der Dünen und weißen Strände Rügens, aber wenigstens war sie unter Gottes Himmel und konnte den Wind in ihrem Gesicht spüren. Während sie mit zunächst zögerlichen, aber dann immer schneller werdenden Schritten den Hof ein ums andere Mal umrundete, wurden ihre Lebensgeister, die in den Mauern der Anstalt so verkümmert waren, wieder wach, und sie dankte Gott für diesen kleinen Segen.

Offenbar hatte Dr. Rasmussen beschlossen, seine Vorgehensweise zu ändern, denn am nächsten Tag brachte eine Wärterin ihr Briefpapier und Tinte, ihre eigenen Kleider wurden ihr zurückgegeben, und sie bekam ein zweites kleines Zimmer zur Verfügung gestellt, in dem sie sich tagsüber aufhalten konnte. Zum Mittagessen, das sonst nur aus einer wässrigen Suppe mit undefinierbaren, zähen Fleischbrocken bestanden hatte, erhielt sie plötzlich ein richtiges Steak, das zwar zu lange gebraten, aber im Vergleich ein regelrechter Genuss war.

Das Wichtigste jedoch war, dass sie auch ihre Bibel wieder in Händen hielt. Sie hatte manche dunkle Stunde nur überstanden, weil sie sich an den Trost der Psalmen klammern konnte, die sie früher auswendig gelernt hatte. Jetzt konnte sie endlich wieder in Gottes Wort lesen, sich Stärkung und Trost darin holen.

Am Ende der Woche erschien dann auch Rasmussen höchstpersönlich auf der Station, und Adeline bat ihn sofort um eine Unterredung.

„Sie haben eine Frage, Gräfin?" Die Überheblichkeit des Mannes ließ Adelines Temperament sofort wieder aufflackern, aber sie beherrschte sich, da sie es nicht für ratsam hielt, den Arzt zu verärgern. Was sie wollte, waren Auskünfte, und die würde sie nur erhalten, wenn sie sich kooperativ zeigte.

„Ich wollte Ihnen danken, Doktor. Man hat mir meine persönlichen Dinge gegeben und die Möglichkeit, mich ein wenig zurückzuziehen, und ich nehme an, das ist auf Ihre Anweisung hin geschehen."

Der Arzt nickte. „Ihr Bruder hat mich gebeten, Ihnen Ihren Aufenthalt so angenehm wie möglich zu gestalten. Ich habe ihm berichtet, dass es Ihnen schon besser geht und Ihnen die Erholung hier guttut."

Adeline biss sich auf die Lippen und schluckte eine scharfe Erwiderung herunter. Guttun! Was bildete der Mann sich ein? Er hielt sie wie eine Gefangene und tat so, als täte er ihr damit einen Gefallen! Sie holte tief Luft und sagte: „Dann kann ich also bald nach Hause zu meinem Sohn?"

Rasmussen blickte nachdenklich drein. „Diese Entscheidung kann ich nicht alleine treffen. Ihr Bruder ist vom Gericht zu Ihrem Vormund bestellt worden, also wird er entscheiden, was das Beste für Sie ist."

Adeline starrte den Arzt an. Werner ihr Vormund? Er sollte für sie entscheiden? Ihre Kehle fühlte sich mit einem Mal ganz trocken an, und die Hoffnung, die gerade noch in ihr aufgekeimt war, erstarb im gleichen Augenblick. Jetzt war sie ihrem Bruder völlig ausgeliefert. Ohne sein Einverständnis konnte sie nichts mehr tun – konnte nicht bestimmen, wo sie wohnte, konnte nicht über ihr Vermögen verfügen und vor allem konnte sie nicht für Paul sorgen. Wenn es nach Werner ging, würde sie den Jungen sicher nie wiedersehen!

Stumm schüttelte sie den Kopf. Das durfte nicht wahr sein! Adeline bemerkte kaum, dass der Arzt das Zimmer bereits verlassen hatte, als sie auf ihren Stuhl sank. Sie zitterte am ganzen Körper, ein Zittern der Erschütterung, aber auch der Wut. Sie hätte nie gedacht, dass sie zu einer solchen Empfindung fähig wäre, aber in diesem Augenblick hasste sie ihren Bruder aus tiefstem Herzen. Sie verabscheute Dr. Rasmussen mit seinem hämischen Blick und seiner überheblichen Art, aber Werner war es, dem sie nicht verzeihen konnte, was er getan hatte.

Hin und her gerissen angesichts der widerstreitenden Gefühle in ihrem Innern klammerte sie sich an das Einzige, das noch Bestand zu haben schien, nachdem ihr der Boden unter den Füßen weggezogen worden und ihre ganze Welt ins Wanken geraten war.

„Gott, verlass mich nicht", flüsterte sie. „Bitte gib mir Kraft!"

Sie wusste nicht mehr, wie oft sie in den vergangenen Wochen schon so gebetet hatte, und manchmal schien es ihr, als würde selbst Gott sie in ihrem Gefängnis nicht hören können. Ein solches Gefühl der Leere hatte sie noch nie erlebt. Sie hatte schon schwere Zeiten durchgestanden, hatte auf den Mann verzichtet, den sie liebte, aber bei alldem hatte sie immer den Sinn gesehen, hatte ein Ziel gehabt und die Gewissheit, dass es etwas Höherem diente.

Hier, an diesem Ort, verspürte sie eine tiefe Nacht und eine Mutlosigkeit, die keinen Sinn erkannte in dem, was geschah. Warum ließ Gott dieses Unrecht zu? Doch trotz aller Verzweiflung schwand ihr Glaube nie ganz – manchmal war er nur eine kleine, flackernde Flamme, die von den Ereignissen hin und her geworfen wurde, aber er erlosch nie.

Gelegentlich hatte sie versucht, ihre Mitinsassinnen zu trösten und ihnen Gottes Liebe zuzusprechen, aber wenn sie überhaupt verstanden, was Adeline sagte, waren sie doch meist so in ihrer Krankheit und Resignation gefangen, dass das Evangelium sie nicht erreichte. Immer wieder hatte Adeline sich gefragt, was für einen Plan Gott bei alldem hatte. Während sie hier eingeschlossen war, konnte sie niemandem nützen, während ihre Fischer sich selbst überlassen waren und ohne ihre Zuwendung und geistliche Begleitung vielleicht wieder dem Alkohol und der Hoffnungslosigkeit verfielen. Würde sie diese Menschen, die ihre Familie waren, jemals wiedersehen? Und was war in der Zwischenzeit mit Paul geschehen? Sie vermisste den Jungen so sehr, und der Gedanke, dass man ihn in irgendein Waisenhaus gebracht hatte, war ihr unerträglich.

Wieder spürte Adeline diesen bitteren, unversöhnlichen Hass in sich aufsteigen. Sie wusste, dass es nicht recht war, ihren Bruder zu hassen, aber sie konnte nicht anders. Sie war auch nur ein Mensch aus Fleisch und Blut, und Werner hatte sie unendlich tief verletzt.

Die Abenddämmerung war schon hereingebrochen, als Adeline sich schließlich aufrichtete und sich mühsam erhob. All die seelischen Qualen konnten den einen Gedanken nicht unterdrücken, der sie bis jetzt davor bewahrt hatte, den Verstand zu verlieren. Ihre Freunde würden sie vermissen und sich irgendwann nicht mehr mit Ausflüchten zufriedengeben. Sie würde dieses Irrenhaus verlassen, und bis dahin musste sie körperlich bei Kräften bleiben, auch wenn ihre Seele verkümmerte.

Müde setzte sie einen Fuß vor den anderen und nahm ihre Wanderung über die Station wieder auf, immer den Gang hinauf und hinunter, so wie sie es jeden Tag einige Stunden lang tat.

Dass sie jetzt ihre persönlichen Gegenstände wieder zu ihrer Verfügung hatte, erleichterte ihr zumindest äußerlich ihre Gefangenschaft, machte diese aber innerlich kaum erträglicher. Eine Stunde täglich konnte sie nun im Hof etwas Kraft tanken und sich von der Frühlingssonne wärmen lassen, und wenn sie abends in ihrem Zimmer saß, schrieb sie Briefe oder vertraute ihrem Tagebuch alle ihre Gedanken und Ängste an. Aber sie wusste nicht, ob die Briefe ihre Adressaten jemals erreichten, denn es konnte genauso gut sein, dass Rasmussen alle Korrespondenz vernichtete, zumal Adeline ihre Freunde um Hilfe anflehte, sie aus dem Kommunehospital zu befreien. Immer wieder wurde ihr schmerzlich bewusst, dass sie sich in einer Lage befand, in der sie sich nicht selbst helfen konnte. Sie musste Geduld haben und Gott vertrauen, denn er war der Einzige, auf den sie sich verlassen konnte.

Es war an einem Vormittag etwa zwei Wochen später, als Adeline in ihrem kleinen Wohnzimmer ans Fenster trat und in den Garten hinunterblickte. Rund um das Krankenhaus waren solche kleinen Gärten angelegt, die Adeline und die anderen Insassinnen allerdings nicht betreten durften. Jetzt, wo das erste Grün in der Natur erschien, sehnte sie sich noch mehr danach, durch die Rügener Buchenhaine und Kiefernwälder zu laufen, an den weißen Stränden von Mönchgut entlang oder hinauf zu den Kreidefelsen im Norden der Insel, und so stand sie oft am Fenster und versuchte, die zarten Sprosse und Blättchen an Bäumen und Büschen zu erkennen.

Ihr Blick wanderte über die Beete und die Wege entlang, auf denen zwei Personen durch den Garten schritten. Eine von ihnen war Dr. Rasmussen, erkannte sie, obwohl sie ihn nur von hinten sah. In den vergangenen Wochen hatte sie sich die Gestalt dieses Mannes genau eingeprägt – warum, wusste sie selbst nicht so genau, aber irgendwie hatte sie das Gefühl, je besser sie ihren Feind kannte, desto weniger konnte er ihr anhaben. Jetzt hatte er die Hände auf dem Rücken gefaltet und nickte, während die Dame an seiner Seite etwas sagte, was Adeline natürlich nicht hören konnte.

Dann drehte die Frau den Kopf zur Seite und Adeline erstarrte. Sophie! Was tat sie hier? War sie etwa gekommen, um Adeline zu befreien? *Oh Gott, bitte mach, dass sie mich mitnimmt!* Adeline wollte das Fenster aufreißen und ihre Schwester rufen, aber dann erinnerte sie sich daran, dass die Fenster auf der Station sich nicht öffnen ließen. Sie ballte die Hände zu Fäusten und schlug gegen die Scheibe, so heftig sie konnte. Sophie war gekommen! Adeline musste mit ihr reden! Ihre Hände schmerzten, aber es war ihr egal. All die Angst und Not, die sich in ihr aufgestaut hatten, brachen mit einem Mal aus ihr heraus, alle Selbstbeherrschung und Fassung waren wie weggeblasen.

Es dauerte nicht lange, bis die diensthabende Wärterin erschien, um Adeline vom Fenster fortzuziehen.

„Lassen Sie mich los! Ich will meine Schwester sehen!" Adeline wand sich aus dem Griff der Pflegerin und stieß sie von sich. Dann trommelte sie wieder gegen die Fensterscheibe. Die Frau überlegte nicht lange, sondern lief auf den Gang hinaus, um Hilfe zu holen. Gleich würde Nielsen kommen, der stämmige Wärter, der für die Frauenstation zuständig war.

In diesem Moment drehte Sophie sich um und hob den Kopf zum Fenster hinauf, und es brach Adeline das Herz, als sie den Blick ihrer Schwester sah. Mitleid lag darin und zugleich Angst, so als müsste sie sich vor Adeline fürchten. Nein! Werner und Rasmussen hatten Sophie ganz offensichtlich davon überzeugt, dass ihre Schwester krank und unzurechnungsfähig war. Auch von ihr war keine Hilfe zu erwarten, das wurde Adeline mit einem schmerzlichen Stich bewusst.

Tatsächlich stand die Pflegerin keine Minute später mit Nielsen im Zimmer, doch Adeline wehrte sich nicht mehr. Die Welle der Hoffnung, die sie gerade noch erfasst hatte, war wieder verebbt und die Verzweiflung größer als je zuvor. Sie erhob nicht einmal Einspruch, als der Wärter ihr eine Beruhigungsspritze verabreichte – etwas, das sie sonst immer strikt abgelehnt hatte. Sie, die immer Angst davor gehabt hatte, dass diese Menschen sie gefügig machten und irgendwann in den Wahnsinn trieben, war plötzlich ganz willenlos.

Ihre eigene Schwester, ihre vertraute und geliebte Sophie, hatte sie verraten, und ihr war mit einem Mal, als lohnte es sich nicht mehr zu kämpfen. Sie lag auf ihrem Bett und starrte an die Decke, bis ihr von dem Morphium die Augen zufielen.

Als Adeline erwachte, war es dunkel. Es dauerte eine Weile, bis sie sich an die Ereignisse des vergangenen Tages erinnerte, und ihr Geist war noch immer ganz vernebelt. Die Pflegerin musste sie entkleidet haben, denn sie trug ihr Nachthemd und lag unter der Decke. Sie versuchte sich aufzurichten, aber jede Bewegung schmerzte. Die seelische Anspannung hatte sich offenbar auf jede Faser ihres Körpers übertragen, und so blieb sie liegen und schloss die Augen wieder. Vielleicht sollte sie einfach aufgeben. Sollten sie ihr doch Morphium geben, dann würde sie irgendwann den Schmerz und Kummer nicht mehr spüren.

Doch bevor der Schlaf sie wieder übermannte, kamen ihr die Worte eines Psalms in den Sinn, den sie oft ihren Fischern auf Rügen vorgelesen hatte, weil er so tröstlich war.

Verlasst euch nicht auf Leute, die Macht und Einfluss haben! Sie sind auch nur Menschen und können euch nicht helfen. Sie müssen sterben und zu Staub zerfallen und mit ihnen vergehen auch ihre Pläne. Wie glücklich aber ist jeder, der den Gott Jakobs zum Helfer hat und auf ihn seine Hoffnung setzt, auf den Herrn, seinen Gott! … Seine Treue hat kein Ende, er steht zu seinem Wort: Den Unterdrückten verschafft er Recht, den Hungernden gibt er zu essen, die Gefangenen macht er frei. Die Blinden macht er sehend, die Verzweifelten richtet er auf. Er beschützt die Gäste und Fremden im Land und sorgt für die Witwen und Waisen.

Damals wäre sie nie auf den Gedanken gekommen, dass diese tröstenden Worte einmal ihr selbst gelten könnten. Die Hungernden, die Verzweifelten, das waren die armen Seeleute und ihre Familien; die Witwen und Waisen waren Menschen wie Paul, denen das Meer ihre Familie entrissen hatte.

Jetzt war sie es, die verzweifelt war, die seelisch hungerte, die ihre Familie verloren hatte. Sie war es, die gefangen war – ganz wortwörtlich in den Mauern dieser Anstalt. Und darum galt Gottes Verheißung, dass er aufrichtete, stärkte und befreite, auch ihr. *Der Herr liebt alle, die ihm die Treue halten, aber die Pläne der Treulosen vereitelt er*, so hieß es in dem Psalm weiter. Vielleicht bedeutete das ja, dass die Pläne, die ihre eigenen Geschwister gegen sie geschmiedet hatten, doch noch vereitelt wurden. Vielleicht würde sie doch noch Gottes Lob singen können, dachte Adeline, bevor das Dunkel der Nacht sie wieder umfing.

Der letzte Tag im März begann wie jeder andere Tag ihrer Gefangenschaft, doch gleich nach dem mageren Frühstück erschien Dr. Rasmussen auf der Station. Er betrat Adelines Wohnzimmer, ohne anzuklopfen. Adeline biss sich auf die Zunge, um keine schneidende Bemerkung über die fehlenden Manieren des Arztes von sich zu geben. Sie hatte die Erfahrung gemacht, dass es besser war, den selbstgefälligen, überheblichen Mann nicht unnötig zu reizen.

„Was kann ich für Sie tun, Doktor?", fragte sie stattdessen von oben herab – ganz so, als wäre er ein Bittsteller –, auch wenn ihr das Herz bis zum Halse schlug.

Rasmussens Miene war düster, als er sprach, ohne auf ihre Frage einzugehen: „Sie werden heute nach Oringe verlegt. Packen Sie Ihre Sachen, in einer Stunde geht die Kutsche."

Adeline verbarg ihr Erstaunen, aber zugleich keimte wieder ein winziges Pflänzchen der Hoffnung in ihr auf. Sie fragte sich, was hinter dieser Wendung der Ereignisse stand. Was hatte der Arzt vor? Noch vor wenigen Wochen wäre sie über eine derartige Ankündigung entsetzt gewesen – in das Irrenhaus an der südlichen Küste Seelands gebracht zu werden, wäre ihr wie ein unvorstellbar schlimmes Schicksal erschienen. Aber jetzt war sie nur froh, Rasmussen und seinen Machenschaften zu entfliehen. Und da Oringe eine staatliche Institution war, bestand Hoffnung, dass sie sich an die Behörden wenden und das Justizministerium um Hilfe bitten konnte.

„Ich werde bereit sein." Mit klopfendem Herzen wartete sie, bis der Arzt gegangen war. Er hatte widerwillig geklungen, so als wäre die Verlegung nicht seine eigene Entscheidung gewesen, sondern ihm von anderer Stelle befohlen worden. Vielleicht hatten Adelines Bekannte in der Zwischenzeit Erkundigungen angestellt und im Hintergrund einige Fäden gezogen. Immerhin hatte sie als kaiserliche Hofdame einflussreiche Freunde. Wie auch immer – Adeline dankte Gott dafür, dass sie diesen Ort des Schreckens verlassen konnte, auch wenn sie nicht wusste, was sie in Oringe erwartete.

Als die Kutsche wenig später mit ihr und einem Wärter abfuhr, blickte sie nicht einmal mehr zurück, und mit jedem Kilometer, den sie sich von Dr. Rasmussen und seinem Gefängnis entfernte, wurde ihr Herz leichter und freier. Während die allmählich aus der Winterstarre erwachende dänische Landschaft am Fenster vorbeizog, erwachte auch sie wieder zum Leben, als hätte sie einen langen, kalten Winterschlaf hinter sich. Noch war nicht alles ausgestanden, das wusste sie, denn noch immer war sie nicht frei, konnte nicht zu den Menschen zurück, die sie liebte und die sie brauchten, aber sie verspürte wieder Zuversicht, dass Gott mächtiger war als die Ränke und Intrigen von Menschen, die sein Werk nicht verstanden. Sie war sich sicher, dass Gott sie auch in Zukunft würde gebrauchen können, und so sah sie der nächsten Station ihrer Reise beinahe mit so etwas wie Gelassenheit entgegen. So wie der Himmel sich endlos über der vor ihr liegenden Ebene erstreckte, so weit reichte Gottes Güte und Treue, das durfte sie jetzt erfahren. Sie hatte durch alle Anfeindungen hindurch an ihm festgehalten, oder nein – *er* hatte an *ihr* festgehalten, auch wenn sie an ihm gezweifelt hatte. Er hatte sich als treu erwiesen, so wie er es in seinem Wort immer wieder versprochen hatte.

Die Nacht hatte sich über das kleine Bauernhaus gesenkt, doch Annegret rührte sich nicht, um die Kerze auf dem Tisch anzuzünden. Die Kinder schliefen tief und fest, und auch Franz lag bereits leise schnarchend im Bett. Er hatte einen langen Tag auf See hinter sich, und sie alle hatten unermüdlich gearbeitet, um den Fisch in großen Bottichen einzulegen. Jetzt spürte sie jeden Muskel in ihrem Körper. Sie war schließlich auch nicht mehr die Jüngste.

Ihr Blick wanderte zum Fenster, von dem sie jetzt nur noch die Umrisse erkennen konnte, und sie dachte an die vergangenen Jahre zurück. Ewald war jetzt ein junger Mann und seinem Vater längst über den Kopf gewachsen, und der „kleine Emil", wie sie ihn insgeheim immer noch nannte, war inzwischen acht Jahre alt und hatte noch zwei Schwesterchen bekommen. Lieschen war mit ihren dreizehn Jahren eine große Hilfe bei den Kindern und im Haushalt, denn Annegret merkte jetzt oft, dass sie kurzatmig wurde und sich immer wieder zwischendurch setzen musste.

Doch auch wenn sie spürte, dass ihre körperlichen Kräfte schwanden, wünschte sie sich doch die alten Zeiten nicht zurück. Wie oft hatte sie sich in den Schlaf geweint, weil sie nicht wusste, was sie ihren Kindern zu essen geben sollte – oder weil Franz immerzu missmutig und wütend war. Es war ein Leben voller Angst gewesen.

Jetzt war ihr Leben immer noch von schwerer Arbeit geprägt, aber es war ein Leben, in dem auch die Freude einen Platz hatte. Sie konnte mit den Kindern lachen, und wenn sie ihre Hand in die ihres Mannes legte, spürte sie wieder etwas von der Zuneigung und dem Kribbeln, die sie damals empfunden hatte, als sie ihn geheiratet hatte. Und sie wusste auch, was zu dieser Veränderung geführt hatte.

Acht Jahre war es her, dass die Gräfin ihr Haus am Meer gebaut hatte. Und seither lebte sie bei den Fischern, las den Kindern Geschichten vor und versorgte ganze Familien mit warmen Mahlzeiten. Aber vor allem hatte sie den Menschen wieder Hoffnung gegeben. Sie war den Fischern, die argwöhnisch beäugt oder rundheraus verachtet wurden, mit offenem Herzen und mit Respekt begegnet. Für die Kinder war sie wie eine Mutter, und ihr fröhliches, entschlossenes Wesen machte allen, die mit ihr zu tun hatten, Mut. Die Gräfin hätte jetzt gesagt, dass es Gott sei, der mit seiner Liebe alle die Veränderungen zum Guten bewirkt hatte. Vielleicht war es so. Aber Annegret war sicher, dass Gott dazu eine Gräfin gebraucht hatte.

Annegret erhob sich mühsam von ihrem Stuhl. Sie überlegte, wie lange die Gräfin jetzt schon fort war. Vor Kurzem hatte sie noch mit Frau Andresen gesprochen, und die Haushälterin machte sich große Sorgen, weil seit Monaten keine Briefe mehr von Adeline eingetroffen waren, keine Anweisungen, keine Berichte. Nichts. Ob die Gräfin krank war? Der Gedanke erfüllte Annegret mit Angst. Was sollten sie ohne diese außergewöhnliche Frau tun, wenn ihr etwas zustieß?

Sie fröstelte und rieb sich die Oberarme. Und während sie ihre Strickjacke abstreifte und über die Stuhllehne hängte, wanderten ihre Gedanken gen Himmel – ein Flehen, das ohne Worte war, aber aus tiefstem Herzen kam.

Adeline hätte nicht beschreiben können, was sie empfand, als sie ihr kleines Haus mit den gotisch geformten Fenstern auf dem Hövt vor sich auftauchen sah. Ihr Blick fiel auf das größere, kastenförmige Holzgebäude daneben, schweifte über die Dünen und den weißen Strand und wanderte schließlich zum weiten Himmel über der Ostsee hinauf.

Sie legte den Arm um Pauls Schultern und zog ihn an sich, während Tränen des Glücks hinter ihren Augen brannten. Zu Hause!

„Weinst du, Mama?“ Seit sie ihren Sohn nach den unendlichen Wochen der Gefangenschaft zum ersten Mal wieder in die Arme geschlossen hatte, war er wie selbstverständlich dazu übergegangen, sie „Mama“ zu nennen, so als spürte er, dass ihre Verbundenheit durch alle Schicksalsschläge hindurch ebenso tief und dauerhaft war wie eine leibliche Verwandtschaft. Ja, Adeline hatte die schmerzliche Erfahrung machen müssen, dass ihr eigen Fleisch und Blut sich gegen sie gewandt hatte – und dass die selbstlose Liebe eines Waisenkindes sich als zuverlässiger erwiesen hatte als die familiären Bande. Es hatte sie nur in dem bestärkt, wovon sie ohnehin überzeugt war, nämlich dass ihre eigentliche Familie hier war, hier auf Rügen, auf Mönchgut, im Göhrener Fischerheim. Dies war der Ort, an dem sie sich Gott und Menschen besonders nahe fühlte, und durch ihre Arbeit hier bekam ihr Leben einen tieferen Sinn.

Jetzt drückte sie Paul wieder an sich und lächelte. „Nur ein bisschen. Und nur vor Freude – weil wir wieder hier sind, in unserem kleinen Zuhause, bei den Menschen, die uns lieb haben."

„Darf ich schnell laufen und sehen, ob Jan und die anderen da sind? Es ist doch bald Zeit fürs Abendessen."

Adeline lachte. „Du kannst es kaum erwarten, oder? Aber bring bitte erst die Koffer ins Haus, damit ich auspacken kann." Sie streckte sich ein wenig und stützte die Hand in ihren schmerzenden Rücken. An Tagen wie diesem, nach einer langen Reise, merkte sie, dass sie noch immer etwas angeschlagen war. Die Zeit in Dr. Rasmussens Hospital hatte ihr körperlich doch mehr zugesetzt, als sie gedacht hatte.

Nach ihrer Ankunft in Oringe war sie seelisch und körperlich völlig ausgelaugt gewesen. So war sie freiwillig noch eine Weile dort geblieben, um sich von den Strapazen in Kopenhagen zu erholen, obwohl der zuständige Oberarzt, Dr. Helweg, ihr schon am zweiten Tag bescheinigte, dass an ihrer geistigen und seelischen Gesundheit nichts auszusetzen war. Gleich nach ihrer Ankunft hatte sie Ida gebeten, Paul ausfindig zu machen und zu sich zu holen. Nur wenige Tage später hatte ihre Freundin ihn in einem Waisenhaus in Kopenhagen gefunden und mit ihm zusammen Adeline besucht.

Die staatliche Irrenanstalt Oringe ähnelte mehr einem normalen Krankenhaus, obwohl auch dort schwer geistesgestörte Patienten und einige Schwerverbrecher auf geschlossenen Stationen einsaßen. Hier hatten die Behörden ein Auge darauf, dass die Regeln zur Unterbringung von Kranken eingehalten wurden, dass die Patienten Besuch erhalten durften und ihre Rechte als dänische Bürger nicht verletzt wurden. Und hier erfuhr sie auch, dass ein Abgeordneter des dänischen Reichstages mehrmals versucht hatte, Adeline im Kommunehospital zu sehen, was ihm von Rasmussen verwehrt worden war. Irgendwann hatte dieser sich dann doch dem öffentlichen Druck beugen und einer Verlegung zustimmen müssen.

Es war ein tränenreiches Wiedersehen gewesen, als Ida und Paul dann an einem Samstag Anfang Mai in der Tür des Besucherzimmers von Oringe gestanden hatten. Sie hatte erst den Jungen an sich gedrückt und dann ihre Freundin, die immerzu „Es tut mir so leid!“ sagte, während sie sich die Tränen fortwischte. In diesem Augenblick war auch die letzte Last von Adelines Seele gefallen. Ihr Herz war noch immer voller Dankbarkeit darüber, dass Gott ihren Sohn beschützt hatte, als sie nicht dazu in der Lage gewesen war.

Jetzt blieb sie stehen und sah zu, wie Paul aus dem Haus gelaufen kam. Das Hemd war ihm aus der Hose gerutscht, und seine Haare waren vom Wind zerzaust. Er rannte zum Fischerheim hinüber und winkte den Männern, die vor dem Eingang in der Abendsonne saßen, fröhlich zu.

Adeline blickte ihm lächelnd nach und ging dann langsam den steilen Weg zu ihrem Haus hinauf, während sie den frischen Geruch nach Salz und Meer, den sie so lange vermisst hatte, tief einatmete.

Plötzlich ertönte eine Stimme hinter ihr. „Die Gräfin ist zurück!“

Adeline wandte den Kopf, um zu sehen, wer da gerufen hatte. Einer der Fischer hob grüßend die Hand.

„Seht mal, Leute, die Gräfin ist wieder da!“, rief ein anderer Mann.

Und ehe Adeline es sich versah, kamen Kinder laut rufend und winkend aus der Bibliothek gelaufen, die Männer erhoben sich von ihren Bänken und einige hatten sogar die Mützen von den Köpfen gezogen, um Adeline willkommen zu heißen.

Sie hätte nicht gedacht, dass sie noch mehr Liebe für diese Menschen empfinden könnte, aber dieser Empfang ließ ihr Herz aufgehen, und sie konnte gar nicht anders, als zu ihnen zu gehen, sie mit ausgestreckten Händen zu begrüßen und die Kinder eins nach dem anderen in die Arme zu schließen.

„Schön, dass Sie wieder hier sind!"

„Ohne Sie ist es einfach nicht dasselbe."

„Auf unsere Gräfin ist Verlass!"

Manche Männer nickten nur, andere klopften Adeline kumpelhaft auf die Schulter, wieder andere grinsten fröhlich – aber alle waren froh, sie zu sehen, das war nicht zu verkennen. Aber ihre Wiedersehensfreude war nichts im Vergleich zu dem, was Adeline an diesem Sommerabend empfand.

Sie ließ sich die aktuellen Neuigkeiten erzählen, und alle redeten durcheinander, bis ihr der Kopf schwirrte.

„Halt!", sagte sie irgendwann lachend. „Nun lasst mich doch erst einmal ankommen."

Der Lärm legte sich ein wenig, und sie blickte in die Runde.

„Ihr wisst ja gar nicht, wie ich euch alle vermisst habe!", sagte sie schließlich. „Ich werde euch ein anderes Mal davon erzählen, was in der Zwischenzeit geschehen ist, aber jetzt wollen wir erst einmal feiern, dass wir wieder zusammen sind. Frau Andresen?" Sie wandte sich um und sah die Köchin, die sich ebenfalls zu ihnen gesellt hatte, fragend an.

„Das Essen ist in zehn Minuten fertig, Gräfin", antwortete die rundliche Frau mit strahlender Miene.

„Gut, dann haben wir noch Zeit für ein Lied und ein Tischgebet." Adeline hob ihren Rock an und betrat den vertrauten Speisesaal mit den Bücherregalen an den Wänden, die inzwischen aus allen Nähten platzten. Es duftete nach Kartoffeln und Hering, und sie spürte, wie ihr Magen knurrte.

Die Fischer und ihre Familien drängten sich hinter ihr durch die Tür und nahmen geräuschvoll Platz. Adeline hob die Hände, um ihre Aufmerksamkeit zu erlangen.

„Wir beten." Jetzt zogen auch die letzten Männer ihre Mützen vom Kopf, andere senkten den Blick, während Adeline die Augen schloss und die Stimme erhob. „Großer, gütiger Gott – ich danke dir dafür, dass wir heute hier zusammen sein dürfen. Das ist nicht selbstverständlich, sondern ein Geschenk. Danke, dass du uns bis zu diesem Tag bewahrt hast. Danke für deine Treue. Du liebst jeden Einzelnen von uns und sorgst immer für uns, und dafür sagen wir dir Dank! Danke auch für das Essen, das wir aus deiner Hand empfangen haben. Segne es an uns und lass uns zum Segen für andere werden. Amen."

Adeline öffnete die Augen und lächelte in die Runde: „Und jetzt habe ich Hunger, also lasst uns essen – guten Appetit!" Mit diesen Worten setzte sie sich an ihren üblichen Platz nahe bei der Tür zur Küche, und kurz darauf erfüllte der Lärm von klappernden Tellern und Besteck den Raum. Adeline konnte sich nicht daran erinnern, wann sie das letzte Mal ein so wundervolles Geräusch gehört hatte.

An diesem Abend konnte Adeline nicht einschlafen. Doch zum ersten Mal seit Monaten waren es keine quälenden Gedanken, keine unterdrückte Wut, keine Verzweiflung und keine Ungewissheit, die ihr den Schlaf raubten. Diesmal waren es Freude und Dankbarkeit, die von ihrem Nachtlager zum Himmel aufstiegen. Ein wunderbarer Friede erfüllte sie, als sie daran dachte, wie Gott sie in all den Jahren getragen und geführt hatte. In den frühen Morgenstunden, als es zu dämmern begann, stand sie auf und trat ans Fenster. In ihrem Nachthemd stand sie dort, die rauen Holzdielen unter den Füßen, und sah zu, wie die Sonne über dem Meer aufging und das Wasser rotgolden glitzern ließ. Sie brauchte ihre Bibel nicht aufzuschlagen, um die Psalmworte zu flüstern, die ihr Herz im Stillen sang: *Denn sein Zorn währet einen Augenblick und lebenslang seine Gnade. Den Abend lang währet das Weinen, aber des Morgens ist Freude.*

Nachwort der Autorin

Adeline Gräfin von Schimmelmann war eine bemerkenswerte Frau, und sich mit ihrem Leben zu befassen, war für mich eine spannende Erfahrung. Ein Großteil der Ereignisse, die in diesem Buch geschildert sind, haben so oder ähnlich stattgefunden, und die Hauptpersonen sind dem wahren Leben entsprungen. Mein Dank für diese aufregende Geschichte gilt also nicht nur Adeline selbst, sondern auch ihrem Adoptivsohn Paul, Kaiserin Augusta von Preußen, dem Bremer Pastor Otto Funcke sowie – auch wenn Dank hier vielleicht nicht das richtige Wort ist – Adelines Bruder Werner und dem Kopenhagener Nervenarzt Knud Rasmussen. Dichterische Freiheit habe ich mir erlaubt, indem ich Alexander von Hohenthal einen besonderen Platz in Adelines Leben eingeräumt habe. Die Intrigen ihres Bruders und die dramatischen Ereignisse im Kommunehospital von Kopenhagen hingegen sind erschütternde Tatsachen.

Die Gräfin, wie ich sie in Gedanken immer nenne, starb vor hundert Jahren, und trotzdem kann sie auch heute noch ein Vorbild sein – in ihrem Engagement für die Benachteiligten der Gesellschaft, in ihrem Mut, der allen Widrigkeiten trotzte, und in ihrer Liebe zu Gott und Menschen.

Dorothee Dziewas
im Frühjahr 2013

Bereits von Dorothee Dziewas erschienen:

Eine kleine Lady

Harriet Beecher Stowe –
die Frau, die „Onkel Toms Hütte"
schrieb

160 Seiten, gebunden
ISBN 978-3-7655-1655-9

Maine, um 1850. Harriet liebt Geschichten. Und sie weiß, dass sie ein Talent zum Schreiben hat. Doch eigentlich hat sie als Frau ganz andere Verpflichtungen. In Calvin Stowe begegnet sie ihrer großen Liebe. Er bestärkt Harriet darin, ihrer Berufung zu folgen. Als die Sklavenfrage das Land spaltet, kämpft Harriet auf ihre Weise für die Menschenrechte: Sie schreibt „Onkel Toms Hütte", eine ergreifende Geschichte, die Millionen von Menschen tief berührt. Das Ende der Sklaverei ist endlich in Sicht ...

Spannend und einfühlsam schildert der Roman das Leben und die Persönlichkeit dieser bemerkenswerten Frau: ihre Liebe, ihren Glauben und ihr leidenschaftliches Engagement.

BRUNNEN VERLAG GIESSEN
www.brunnen-verlag.de